Olivier Frébourg

Gaston
et Gustave

Mercure de France

Pour Martin, Jules, Gaston, Arthur

« Flaubert, ville centenaire, métropole moderne, carrefour des courants contemporains, Flaubert avec son village typiquement normand où il fait bon mourir et son bazar oriental pour les touristes du Nouveau Monde, entrez et vous verrez ! »

BERNARD FRANK

« Les époux se cachèrent leur secret. Mais tous deux chérissaient l'enfant d'un pareil amour ; et le respectant comme marqué de Dieu, ils eurent pour sa personne des égards infinis. »

GUSTAVE FLAUBERT

I

À Saint-Malo, le vent se leva dans la nuit du dimanche au lundi de la Pentecôte. Je n'y vis aucun signe annonciateur de tempête. La veille, peu après l'aube, j'avais couru sur le sable et pris un bain de mer. Sur cette longue plage qui va de la ville close jusqu'à la pointe de Rochebonne, je ne croisai qu'une seule personne et encore d'assez loin, le peintre et écrivain de Marine, Erwan Le Goff. Le ciel oscillait entre vert et gris, glauque et ardoise. Les percées du soleil étaient chassées par de courtes averses presque tropicales.

Mes incursions à Saint-Malo ont toujours été un feu de joie. Quelques mois auparavant, en novembre, j'étais descendu à l'Hôtel France et Chateaubriand. J'avais alors débarqué de nuit par le train de Paris, déposé mon sac puis retrouvé Margaux Le Drian et Eugène Cormier au restaurant *À la duchesse Anne*. Ils avaient écrit ensemble un livre sur la grande pêche. Je serais leur éditeur. J'aime les films, comme *César et Rosalie*, *Un singe en hiver*, où un homme seul prend un taxi à la sortie d'une gare. J'aurais pu passer pour un armateur, un représentant de commerce, un assassin. En cette nuit de novembre, le vent soufflait. À peine entré dans la chambre, j'avais ouvert les fenêtres — ne voyant de cette mer que quelques feux de balise affolés — et mes bras au coup de vent. J'avais téléphoné à Camille pour lui faire entendre le mugissement de ce souffle roboratif. En Normandie, où nous vivions en bord de mer, le temps était-il plus clément ?

J'étais reparti le matin, toujours dans la nuit, non sans avoir réservé pour le mois de mai, promesse lointaine et estivale, deux chambres à l'Hôtel France et Chateaubriand, où j'imaginais, un jour, faire naître un décor de roman et qui côtoyait le bar de L'Univers et la maison natale du vicomte François-René.

J'avais créé une petite maison d'édition vouée aux voyages. Nous savions depuis le mois de janvier que nous attendions deux nouveaux voyageurs. Camille était enceinte de jumeaux. La perspective de cette double naissance nous avait d'abord troublés — des jumeaux ! — puis convaincus d'une nouvelle preuve de vie et d'amour.

Des jumeaux, quelle aventure !, c'était le titre naïf et joyeux, un brin boy-scout, du livre que Camille m'avait demandé de lui trouver à Paris. Père, je l'étais déjà de deux garçons mais serais-je à la hauteur de ce nouvel horizon ? Un père, un homme qui ne s'écroule jamais, fait front, ne montre pas ses doutes ; une ombre qui retraverse sa propre enfance.

Les enfants sont des hommes de la préhistoire qui peignent, dansent, s'amusent dans l'instant. Les parents ont perdu toute innocence quand ils donnent la vie. Ils ont été gâchés par le chagrin, le travail, la société, les désillusions, les blessures amoureuses. Chacun de nos enfants, nous le trouvons unique — et il l'est — avant que l'âge adulte ne le transforme en commun des mortels dans l'entonnoir du déterminisme. Nous souhaitons sincèrement leur donner un destin d'airain alors que tout est friable. Avec eux nous ranimons notre enfance.

Pour la plupart d'entre nous, la procréation est la seule création. Afin d'éviter peut-être de se confronter à la solitude, à ses propres démons. J'aime la phrase de François Nourissier « Faire des livres ou des enfants ». La littérature et la paternité, même affaire de transmission. Nous avons nos pères, nos amis, nos maîtresses, nos enfants, nos bâtards. La littérature est bien l'art de la bâtardise. Un livre, c'est un acte hors la loi. Bâtard : « engendré sous le bât ». Dans le dictionnaire, le bât, « dispositif que l'on place sur le dos des bêtes de somme pour le transport de leur charge », suit immédiatement le mot « bas-ventre ». La bâtardise est donc le fruit de l'amour sur une selle, à la hussarde. L'incendie de l'amour contre l'union légitime.

La société veut que ses enfants naissent dans le cadre du mariage pour les maîtriser et les transformer en agents économiques. L'acte amoureux, la copulation, la jouissance sont des pieds de nez, nos seuls faits de gangster. Le livret de famille que l'on offre aux jeunes mariés comporte pour les enfants une case « naissance » et une autre « mort ». La vie : deux cases de l'état civil. Tout doit être encadré. Le reste, du gribouillage entre les lignes. L'amour des herbes folles injurie l'ordre public. Rien de plus bourgeois que notre société qui met dans un trois-pièces deux parents et deux enfants. Je suis pour les tribus, les clans, les hordes. L'Asie et l'Afrique contre le jardin européen, la prison des origines.

Sans cesse, ma vie a croisé des bâtardes, ces filles de l'amour, vulnérables, brûlées au feu de leurs origines et de leur corps. Ces femmes qui se cabrent à la moindre douleur ou injustice. Moi, je suis un enfant de l'ordre, du patriarcat, de la transmission. À la naissance de mon premier fils, je lui ai acheté une terre en Normandie, elle aussi hantée par la bâtardise. Elle est au cœur des familles, de leurs secrets, de leurs drames. La bâtardise chez Maupassant, c'est le déshonneur de l'homme : ne pas reconnaître le tréfonds de ses entrailles.

À Saint-Malo, j'étais avec Camille et nos enfants, heureux de cette ultime fête à quatre avant que nous ne soyons six, presque un équipage que je rêvais déjà d'emmener découvrir le monde. Je n'avais d'autres ambitions que de faire voyager ma famille. Mon père m'avait donné ce goût de l'ailleurs. Il me semblait naturel de venir au festival Étonnants Voyageurs, en attendant cette nouvelle vie. On va d'une conférence à une projection. Impossible d'être rassasié. Il faut courir sur les pavés, sous la pluie, dans le vent. Et hop le soleil, le mouvement, la mer !

J'avais eu, un temps, le projet d'arriver à Saint-Malo à pied. Je voulais refaire le voyage en Bretagne de Gustave Flaubert et Maxime Du Camp, *Par les champs et par les grèves.* Ce devait être le fil buissonnier d'un livre que j'envisageais d'écrire sur Flaubert. Les servitudes éditoriales m'avaient contraint d'y surseoir.

Sous le chapiteau central où signaient les écrivains, je croisai Jacques Gardeau, dont j'aimais l'intransigeance, l'élégance, le refus de toute vulgarité. « Je suis dans la partie du cœur des ténèbres », lui dis-je en parlant de ma lecture de son dernier roman, maritime en diable.

Les enfants rendent notre perception du monde plus sensible parce qu'ils sont dans la vérité. Ils nous bouleversent, nous traversent et nous devons les protéger. Ils nous obligent à nous hisser tout en nous déchirant. À l'idée d'être le père de quatre enfants, je me dis que je vais prendre de l'amplitude, quitter mon statut de parent de classes moyennes. Tout à coup une famille de deux enfants me semble un cercle étroit. Il faut s'ouvrir, se déployer, prendre son envol. Des enfants *et* des livres. Pourquoi dit-on qu'ils exigent des sacrifices ? Le soleil impose son ombre et les dieux des offrandes.

À Saint-Malo, j'ai l'impression de me trouver dans la ville de mes origines maritimes. Pourtant je suis né à Dieppe, en Normandie. Ces deux villes partagent un destin de port de commerce et de pêche. Saint-Malo me semble un Dieppe rêvé. Une ville des marches entre Bretagne et Normandie, où Chateaubriand vit le jour. Tout est déjà devant lui : la mer, l'Orient mais aussi l'Amérique. Saint-Malo où le gabier de Mutis, Maqroll, fait escale, où mon ami Arnould caressait le rêve d'acheter un appartement mais il ne put que se reposer à l'Hôtel des Thermes quand sa pauvre tête rongée par la tumeur, enturbannée d'un foulard rouge, le faisait ressembler à un Apollinaire pirate. Ici, j'ai l'envie de me rouler dans le monde. Cette cité de granit produit chez moi un excès de fer. Nuits d'ivresse au whisky avec des marins belges et l'auteur de *La pluie à Rethel*, réveils au bloody mary, comptoirs de marine au bois vernis. J'avais pissé à Saint-Malo en compagnie de James Crumley et conversé avec Jim Harrison, sa main couleur brique pleine de fer elle aussi, ankylosée, recroquevillée sur sa canne en bois : « D'où viens-tu ? avait-il grogné. Que manges-tu ? » Les Américains au contact de la nature, la géographie et l'espace résistent à la verticalité de la condition sociale. D'où venions-nous ?

Enfant, j'avais quitté la Normandie, lambiné quelques années aux Antilles. J'avais mis du temps à comprendre que la sédentarité me tuait. Le mouvement remédiait à mes peurs. Peur de la maladie, de la mort. J'avais trouvé le tour de passe-passe du voyage. Courir pour embrasser toutes les femmes du monde. Et nous courons de plus en plus vite pour fixer la beauté et la grâce de la vie. Un peu comme une allumette, simple point lumineux qui, si on la fait tournoyer, forme un cercle de feu. Ailleurs, dans un port, une ville étrangère, j'ai l'impression de remplir mes cales de sensations et de couleurs. J'avais cédé un temps à l'ataraxie des

Anciens, à la réclusion de mon vieux Flaubert. Je m'étais vite aperçu que seuls la vitesse et le voyage permettent de respirer.

La donne avait cependant changé : père de deux garçons, j'en attendais deux autres. Je voulais naviguer un jour avec eux, dans la baie d'Along. « Papa, tu nous emmèneras à Bora Bora ? » demandait Jules, mon cadet. Le don du voyage est aussi une malédiction. Je connaissais le déchirement de laisser à quai ma famille. Conduire mes enfants chaque jour à l'école était déjà une souffrance. Et quand je les embrassais devant la cour de récréation, je pensais que c'était sincèrement intenable. M'avait-elle vrillé, cette maudite angoisse de la séparation ? Elle devait produire son onde de choc. Il fallait rester debout, première des dignités.

J'aimais voir mes fils à l'hôtel, comme ce week-end à Saint-Malo. Les hôtels offrent un pas de côté : c'est une courte vie, une fenêtre sur les possibles. On fait une halte, on regarde les murs inconnus. Rapide introspection, réflexions sur l'amour. Les frissons vous caressent. C'est un lieu profane, traversé et retraversé par des ombres, un précipité de vies. De petites morts se cachent sous les draps. Nous nous souvenons de nos chambres d'hôtel, ces pierres plus ou moins coupantes de notre mémoire. Combien de fois m'étais-je retrouvé dans des villes étrangères, le regard fixé comme un masque de glu au plafond d'un hôtel. Ma vie d'homme, c'est une succession d'amarres larguées. Des hommes appareillent, des femmes restent à quai et parfois les rejoignent dans la nuit. Il faudrait toujours emmener la femme de sa vie sous la Croix du Sud et ne jamais regarder seul les étoiles. La splendeur est une gifle de mélancolie quand elle n'est pas partagée.

Mais je n'étais pas un voyageur solitaire dans sa chambre d'hôtel. Saint-Malo en famille. Un manège tournait devant la porte Saint-Vincent. J'y emmenai mes deux garçons, qui me hélèrent de leur avion. La Rue de la Soif appartenait à ma vie de célibataire. Notre premier voyage d'amour avec Camille, nous l'avions fait entre Cabourg, Carteret, Combourg et Saint-Malo. La cité corsaire s'inscrivait sur notre carte du Tendre.

À Sainte-Marguerite-sur-Mer, en Normandie, nous avions construit une île autour de notre maison, un motu polynésien ouvert aux amis. Et je voyais déjà à la grande table blanche de la cuisine deux nouvelles têtes. Cet allongement s'inscrivait pour moi dans la ligne de feu de la vie. Se perpétuer, est-ce bourgeois ? Donner le souffle parce qu'on est mortel. Être un élément de la chaîne. S'enchaîner. S'étrangler avec sa propre famille. On est unique quand on devient père et on apprend à dissoudre le plaisir égoïste.

Nos sociétés atroces ont mis en place un totalitarisme de la paternité et de la maternité : elles veulent à tout prix se perpétuer. Longtemps, j'ai été atteint du syndrome flaubertien : un écrivain doit se consacrer à son art, n'avoir ni épouse ni enfant. Même à ses amis, Flaubert ne pardonnait pas de se fourvoyer. Rien ne me semble plus mesquin et pourtant frappé d'une certaine vérité. Et pourquoi un écrivain devrait-il se montrer avare de sa semence ?

Certains auteurs refusent de tenir leur correspondance : c'est une perte de temps. Quelle tristesse, un écrivain vieillissant, sans enfant, contemplant son œuvre se rabougrir !

Plus jeune, je trouvais souvent les parents pleins d'une résignation qui prépare à l'amertume. Mais nos enfants nous retiennent quand tout s'effondre. Et cette perception de l'effondrement, nous la ressentons quand nous avançons dans la vie.

À Saint-Malo, je traversais un état d'euphorie. Je suis toujours dans l'excitation quand je suis ailleurs. Désir de tout dévorer, de tout boire, de tout découvrir, de tout aimer. Je connais mon inclination pour les excès, cette folie de vie. Parfois, je me rigidifie, pour ne pas verser dans l'abîme. À Saint-Malo, le dimanche, sur les remparts, nous avions marché, Camille et moi, avec des amis pour atteindre une crêperie fortifiée. Il y avait au mur un sabre de marine et la photo d'un contre-amiral. Je m'interrogeai sur l'histoire de cet homme en uniforme blanc, ancien résistant. Ses cendres avaient été dispersées en mer face à la crêperie dont il était un habitué.

Avant de sortir dîner, j'avais retrouvé Camille dans la chambre de l'Hôtel France et Châteaubriand. Elle n'avait pas eu le temps de se reposer pendant la journée et ressentait une douleur ombilicale. Allongée sur le lit, elle regardait à la télévision *Titanic*. Quelques minutes, je regardai les deux comédiens dégringoler de la plage arrière du navire et voler par-dessus bord. Immersion. « J'ai presque envie de rester à l'hôtel », dit-elle. Les enfants jouaient dans la chambre, incontestablement il fallait sortir pour parer à tout énervement.

À petits pas, Camille se décida à venir avec nous. Le vent soufflait sur les remparts. Antoine Duroy, l'un des auteurs de ma maison d'édition, parla longuement de ses neveux, des jumeaux. Sur les remparts de Saint-Malo, sous le vent, nous n'avons pas résisté à l'envie de nous pencher au-dessus des flots noirs.

Au matin, le lundi de la Pentecôte, le vent avait forci et la tempête s'était levée. À peine avais-je pu atteindre l'École de la marine marchande pour écouter une conférence pleine d'humour de mon ami Gabriel sur ses voyages en Russie. Camille était reposée, lumineuse à la table du petit déjeuner, avec les enfants qui se jetaient sur le buffet. Ils nous interrogeaient sur la destination de nos prochaines vacances. Retournerions-nous à Piana, en Corse, à l'Hôtel Capo Rosso, où nous avions passé les vacances de Pâques ? Ils avaient adoré ses petits déjeuners. Nous savions que nous étions sur le point de tourner une page de notre album de famille. Le tour du monde ne serait pas pour tout de suite. Nous rêvions de nous installer six mois en Asie. Pourquoi pas au Vietnam, où j'allais chaque année et que Camille avait tant aimé. Elle était montée dans la chambre préparer les affaires des enfants. J'avais pris le chemin du Festival. La tempête en interdisait l'accès.

Des camions-poubelles de la Ville étaient collés contre la grande tente pour qu'elle ne s'envolât point. Des rafales de pluie balayaient le front de mer. Je trouvai un abri au bar de L'Univers où Eugène Cormier, ancien capitaine à la grande pêche, me dit que le vent se calmerait vers 14 heures : « C'est un coup de vent de rien du tout. » Il en avait essuyé de plus sérieux, en mer.

Nous prîmes donc en famille la route de Cancale pour la Normandie, au début de l'après-midi. Route de pluie. Camille et les enfants dormirent presque tout le temps du voyage. À Sainte-Marguerite-sur-Mer, je déchargeai les affaires de la voiture de location, un monospace ovoïde qui m'avait paru une douce protection adaptée à la grossesse de Camille. Je me changeai avant de reprendre un train à la gare de Dieppe, direction Paris, où m'attendraient Eugène Cormier et Margaux Le Drian pour une émission de radio le lendemain. Je fis marche arrière. Camille m'adressa un signe de la main comme à chacun de mes départs. Pour la première fois, son visage était recouvert du masque de la femme enceinte. Ultime vision du monde d'avant, de ma femme, de nos deux enfants, de notre maison.

II

Nuit du lundi au mardi. Je dors dans mon studio
de la rue Madame, qui abrite mon bureau. 4 h 36,
mon téléphone portable sonne. Il me sert de réveil
mais, à sa sonnerie, je perçois que c'est un appel de
nuit. Au numéro qui s'affiche, celui de la mère de
Camille, je sais que c'est grave. J'entends sa voix :
« Camille est en train d'accoucher », me dit-elle
presque calmement. Je crie : « C'est ma faute, je
n'aurais jamais dû l'emmener à Saint-Malo. — Je
suis en colère », me répond-elle un ton au-dessus.

Nous avions envisagé de passer l'été à Sainte-
Marguerite. Camille devait accoucher dans les premiers jours de septembre. Nous étions le 29 mai.
J'eus la soudaine envie de me rendormir, d'oublier
ce cauchemar, de me réveiller plus tard pour
accompagner mes auteurs à leur émission de radio.
À la naissance de Martin, mon fils aîné, je me trouvais à Clermont-Ferrand. J'étais remonté dare-dare
et arrivé une heure et demie après l'accouchement.
À la naissance de Jules, j'étais à Sainte-Marguerite-
sur-Mer aux côtés de Camille. Maintenant, j'étais

coincé comme un con à Paris. Pas de train à cette heure, pas d'agence de location de voitures ouverte.

Camille est à la clinique en salle de travail. Le Samu a été appelé. J'ai notre pédiatre de famille au téléphone. Il se trouve à la clinique : « Ça va être dur, me répète-t-il, ça va être dur. » J'ai envie de courir à pied vers la Normandie. Je ne peux rester seul, ainsi. Je prends une douche, me rase, m'habille. Je suis en train de monter les marches de l'échafaud.

Je prends le premier métro pour la gare, avec le petit peuple du matin qui va trimer. Devant Saint-Lazare, je bois un café au comptoir d'un tabac-PMU tenu par un Chinois. Les clients s'excitent sur des billets de Banco et de Loto. Cette frénésie matinale me permet de tenir la tête hors de l'eau, d'accomplir les gestes mécaniques de la vie. Le téléphone portable est un cordon qui nous relie à la dramaturgie moderne. J'appelle sans cesse la mère de Camille. Elle garde nos deux enfants chez elle. Son père, lui, est à la clinique.

Comme à mon habitude, j'ai acheté la presse au kiosque, dans cette gare, ce lieu familier. Tout est sens dessus dessous. Je m'installe dans un compartiment. Un voyageur prend place devant moi. Je fais semblant de lire le journal. L'élection présidentielle est passée. La campagne des législatives vient de commencer. Je lis mon horoscope : « Cœur : vous donnerez de la fantaisie, de l'originalité à l'être cher, qui en sera ravi. Réussite : entreprenez beaucoup et conservez ce qui vous semble avoir de l'avenir. Forme : stable. »

Je suis un voyageur qui lit les journaux pendant que ma femme se trouve dans une salle d'accouchement. Je n'arriverai jamais à destination. Combien de moments doux et heureux ai-je vécus dans les trains entre Paris et la Normandie ? Le train s'ébranle. Tout sauf l'immobilité et le silence. Qu'ai-je fait ? Où ai-je dérapé ?

Christian, mon beau-père, me tient au courant. Le décor se met en place dans l'urgence. Je revois la naissance de mon fils Martin. J'avais pleuré de joie dans le train, à l'arrêt de Vernon. Cette fois, à Vernon, c'est l'effroi.

Je reste dans le compartiment, séché au paysage qui m'aspire. « Le premier est né », me dit mon beau-père. Il est en couveuse. Le Samu le transfère vers Rouen. Il est un peu plus de 6 heures. Nous n'avons même pas eu le temps encore, Camille et moi, de choisir un prénom. « Pour le deuxième ce sera plus délicat », continue mon beau-père.

J'imagine mon fils à bord d'un fourgon du Samu, dans cette aube de printemps qui ne promet qu'un ciel de cendres. Je suis incapable de rester assis. Accroché à mon téléphone portable, bouée dérisoire, j'essaie d'obtenir des informations de mes parents, de ma belle-mère, de mon beau-père. Le chirurgien, patron de la clinique, a été appelé à la rescousse. Je ne suis même pas surpris quand mon beau-père me dit d'une voix calme que le deuxième enfant n'a pas pu être ranimé : mort ! Je ne suis plus qu'un homme en costume froissé, emporté par les mêmes eaux que celles du *Titanic*.

J'appelle mon frère, médecin à l'hôpital de Rouen.

Il est mon aîné. Il peut sauver mon fils. Au quart de seconde il comprend la situation : « Je m'en occupe », dit-il.

Mon père m'attend à la gare de Rouen. Ce n'est qu'une fois dans sa voiture que je lui annonce la mort de l'un des jumeaux. « Devant moi, tu peux craquer, me dit-il. Mais sois fort devant ta femme. » Dans ces premières heures, j'ai l'impression de ressentir un choc sourd plus qu'un déluge d'eau et de feu. Je dois mettre les miens à l'abri. Mes fils, mes deux aînés, me manquent déjà. Se rendent-ils compte que nous faisons naufrage ? Nous prenons la route de Dieppe.

Mon père me dépose devant la clinique à la sortie de la ville, dans une zone d'action commerciale. Camille est installée dans une immense salle d'accouchement, cireuse, revenant de la mort. Les médecins hésitent à la transfuser. On me passe déjà un protocole à remplir pour autoriser une transfusion sanguine : liste des risques de contamination, décharge de toute poursuite. Il faut signer aussi des papiers autorisant les pompes funèbres à enlever le corps de notre fils. Suprématie du droit sur le chagrin. Des forces vous mettent au pas car vous n'êtes qu'un numéro de l'état civil. Nous avons perdu un enfant, j'ai failli perdre ma femme. Ce n'est qu'une fois transférée dans sa chambre que Camille me dit le prénom de nos fils : Gaston, le vivant, Arthur, le mort. Tout m'est soudain étranger. L'un est dans les limbes, l'autre à l'hôpital de Rouen. Il faut que j'aille le voir. « Embrasse-le fort, et souhaite-lui du courage », me dit Camille. « Il a une chance sur trois de vivre », laisse tomber notre pédiatre de famille dans le couloir de la clinique.

Revenir à Rouen où j'ai passé quatre ans de ma vie étudiante. Chaque fois, tout me renvoie à mes amours, à mes effrois. Le CHU, cette ville dans la ville, l'une des principales destinations du Haut-Normand. Au téléphone, mon frère m'explique l'emplacement du service de réanimation. J'imagine notre enfant, cet enfant. À quoi ressemble-t-il ? Dans quel enfer est-il ? Surtout ne rien incarner, chasser toute certitude de vie.

Le CHU m'est familier. Mon frère et ma belle-sœur y travaillent. À dix-neuf ans, j'y ai consulté pour la première fois. C'était dans un des derniers baraquements en bois. Service de dermato-vénérologie. Pour une MST. Je me souviens de tous ces internes et externes se penchant sur mon sexe. J'ai ravalé ma honte. À cette époque, je me gavais de Flaubert et me raccrochais à l'idée que tout écrivain se doit d'avoir une bonne chtouille. Je me souviens de la chef de clinique, une blonde vénitienne d'une trentaine d'années demandant à l'une de ses externes de me prescrire un test HIV. J'ai pensé que je n'en avais plus pour longtemps. Et je suis allé boire un café après la consultation, convaincu de ma contamination. Au début des années 1980, on a mis la jeunesse au pas avec deux armes : le chômage et le sida.

En passant devant l'anneau central du CHU, le bâtiment amiral du milieu, je laisse sur ma droite la statue de Gustave Flaubert. Elle semble vouloir s'avancer vers moi. Au moment où j'imagine à quoi ressemblent nos enfants, le mort et le vivant, à vingt-six semaines et demie de gestation, je revois le fœtus calcifié au Musée Flaubert et d'histoire de la médecine. Flaubert, la statue du commandeur. Mais bien sûr c'est lui qui m'a précipité dans le chaos. La faute à la littérature.

III

J'ai franchi le premier cercle. Je suis dans l'invisibi-
lité. Service de réanimation néo-natale, quatrième
étage. Secteur vert. C'est Bagdad. Devant la porte, le
professeur Marret, chef du service. Lunettes fines
ovales et cerclées, physionomie grave qui dégage une
impression de calme. Il me semble avoir déjà vu ce
visage. Il parle avec Marion, ma belle-sœur, qui porte
sa blouse de médecin. « Le papa de Gaston », dit-elle.
Ses mots agissent comme un révélateur, une incarnation. Pour accéder au service de réanimation pédiatrique, il faut décrocher un téléphone scellé sur le
mur du couloir et décliner son identité. Marion reste
avec moi. Un médecin nous ouvre, me tend la main :

— Vincent Laudenbach.

Son nom provoque de ma part une interrogation
immédiate :

— Vous êtes en famille avec Roland Laudenbach ?

— C'était mon grand-père.

Pendant onze ans, avant de créer ma propre
maison d'édition, j'ai vécu dans l'ombre de ce

directeur littéraire de La Table ronde, qui publia Anouilh, Blondin, Déon, Nimier, Frank, Matzneff. Son petit-fils a récupéré Gaston à l'aube : j'y vois un signe. Il me fait entrer dans la salle des parents. Les murs sont recouverts d'une peinture naïve représentant un enfant à la plage, à côté d'une cabine. « Je ne vais pas vous dresser un tableau des horreurs qui pèsent sur Gaston. Vingt-six semaines et demie, c'est un grand prématuré. Il y a déjà une chose importante, c'est la première journée de vie qu'il est en train de passer sans incident. Ensuite il y aura des paliers : une semaine, quinze jours… »

Vincent Laudenbach a un visage noble, un regard un peu triste et las. Il aurait pu jouer dans une pièce de Corneille. J'imagine ce qu'il doit endurer dans son quotidien de médecin réanimateur. Je l'interroge sur le ralentissement cardiaque de Gaston pendant son transfert, dont mon frère m'a parlé au téléphone juste avant mon arrivée au CHU. « On a stabilisé. C'est maîtrisé. »

Il me prépare : « Gaston est intubé. C'est pour vous impressionnant. Vous pourrez le voir quand vous voudrez, de jour comme de nuit. Les parents regardent les scopes : ce sont les écrans de contrôle avec des chiffres. Essayez, même si ce n'est pas facile, de vous en détourner. »

Il me décrit le protocole que nous devons suivre à chaque visite. Déposer ses affaires dans un casier. Revêtir une blouse à rayures vertes et blanches, se désinfecter les mains avec un savon alcoolisé. Et puis nous pouvons pénétrer dans le temple des enfants. Un monde de coton et d'alarmes.

Gaston occupe la chambre à gauche au fond, toute vitrée. Je ferai ce que Vincent Laudenbach me dit. Je m'approche en essayant de glacer mes sangs : il ne faut surtout pas s'attacher. Il est dans un caisson en plastique, une isolette, avec un bonnet blanc, un tube dans la bouche, le corps recouvert de sondes, de perfusions. Sa peau est sombre, parcheminée, fripée, collée à son sang. Je vois son prénom écrit au feutre sur la porte. Il a un prénom, donc une vie. L'infirmière qui s'occupe de lui vient me saluer. Je suis presque rassuré de la présence de Marion. On se regarde. Je me sens dévasté.

À quoi ressemble Gaston ? À un oisillon bleuté tombé du nid, sans peau pour le protéger de l'extérieur. J'essaie d'intégrer chaque image, de la supporter, de me familiariser. Il dort. Replié sur lui-même. Tout est bouleversant chez lui. Je lutte contre le flux. Rester sec. Dans le malheur, on baisse la tête, le regard vers le nombril, le point originel. Comment peut-il vivre ? Vingt-six semaines et six jours dans le ventre de sa mère.

Et pourtant la grossesse de Camille s'était déroulée sans inquiétude. La semaine de notre départ pour Saint-Malo, elle était allongée dans le jardin, rayonnante, d'une sérénité impériale ; grande, bronzée, derrière ses lunettes de soleil qui occultaient son visage.

Et tout a basculé depuis cet appel à 4 h 36, un mardi de cendres. Camille dans sa solitude de l'accouchement. Tu as emmené toute ma famille dans l'enfer. Tu conduis la bagnole. Tu traces la route. C'est cela, un chef de famille. Faut savoir tenir le volant. Et là, tu as envoyé ton petit monde dans le décor. Sans le vouloir. La vie à un train d'enfer. Trop de pression dans les chaudières. Cela s'appelle un retour de vapeur. Tu n'as pas voulu diminuer le régime. Tu as roulé en permanence à 180 kilomètres/heure. La belle vie, à toute allure, devait avoir le profil de la BMW 1800 de ton père quand vous viviez à la Martinique, avec ses grands phares rectangulaires à l'avant, pareils à des yeux bridés. « Tu en fais trop. Tu mènes une vie de fou », me disait-on sur le bord de la route. Tu ne voulais rien entendre. Tu aimais trop les routes de France, les départementales, et aussi celles du monde. Les indicateurs avaient viré au rouge et tu ne le voyais pas. Tu te souviens de ces acouphènes l'hiver dernier ? Terribles sifflements qui te laissaient croire à une tumeur du cerveau. La déprime. Les nuits où une corne de brume te vrillait l'oreille droite. Alors, évidemment la tumeur au cerveau comme ton ami Arnould. Tout le monde le croyait dépressif alors que le crabe lui rongeait le cerveau.

Je ne sais plus où je suis. Oui, à l'hôpital de Rouen. Maintenant il faut que je retourne voir Camille à la clinique de Dieppe. L'a-t-elle seulement vu quand il est sorti de son ventre ? L'infirmière de réanimation le prend en photo avec un appareil polaroïd. Elle lui parle comme s'il entendait, faisait partie du monde des vivants. Pour moi, il n'est pas encore Gaston. C'est le survivant, le combattant. Son jumeau, Arthur, n'est plus à la clinique mais chez les croque-morts. Un autre médecin, le docteur Blanc, passe. Il connaît bien mon frère. Je lui pose quelques questions. Les réponses sont calmes, sans certitudes. « On va vous laisser seul avec Gaston », me dit-il. Je ne sais comment prendre la phrase, encourageante ou désespérante. Dois-je me préparer à dire déjà adieu à mon fils ? Je prends sur moi pour articuler : « Tu vas être fort. Papa est avec toi. » Je me sens creux, et Gaston, irréel, a la force de l'enfant venu d'ailleurs.

Je ne vois pas d'autre horizon que la fin de la journée. Hâte de voir Camille, de lui raconter Gaston. Sur l'autoroute, entre Rouen et Dieppe, j'ai une vision : je vois en sens inverse le fourgon pédiatrique du Samu. J'imagine le ralentissement cardiaque. Gaston, seul, dans une aube qui a dû lui paraître terriblement froide malgré l'isolette. Sa mère perdait son sang et je tentais de rejoindre Rouen, comme lors de l'exode.

Je roule maintenant au volant de mon vieux coupé acheté à la naissance de notre premier fils, Martin. Il n'y aura pas quatre petites têtes à l'arrière comme je me l'étais si souvent imaginé. J'étais fait pour être père de deux enfants. Au-delà, mes épaules ne sont peut-être pas assez larges. J'ai basculé, quitté le monde de l'espérance pour quoi au juste ? Une contrée incertaine qui doit être un peu celle des limbes. « C'est votre premier coup dur », m'a dit Claudine, ma belle-mère, dans le couloir de la clinique, ce matin. Dans un drame, l'homme, même s'il sait que tout est perdu, sollicite son instinct de préservation. Comme avant le crash d'un avion, on plonge sa tête entre les bras. Et là, dans l'évidence brûlante, je mets la littérature entre la réalité et moi, une digue de papier qui ne pourrait retenir le flux dévastateur. La littérature ? Aucun livre ne vient à mon secours mais plutôt le processus de l'écriture qui absorbe cette naissance comme du papier buvard. J'ai été expulsé du bonheur familial. Flaubert rôde. Je le sens : il s'impose à moi. Je l'avais pourtant presque mis entre parenthèses.

Depuis plusieurs mois, nous avions le sentiment d'appartenir à un étrange clan. Les familles de jumeaux s'adressent des signes. On remonte une lignée. Chez des amis, des connaissances, on découvre des jumeaux qu'on ne soupçonnait pas. Un soir, j'avais dîné avec une amie, Laurence : « Tu verras, c'est extraordinaire. »

De son côté, Camille lit toute la littérature sur le sujet : *J'attends des jumeaux*, *Élever des jumeaux*, etc. Par superstition, je redoute un problème. Pour moi le pire est toujours certain. À force, il survient. Quand nous annonçons l'événement à des amis, j'ajoute immédiatement à la portée un bémol : « On ne sait jamais… Ils ne sont pas encore là. »

Et d'un coup, un de nos jumeaux se retrouve à la morgue. À la « chambre funéraire », selon l'expression correcte de notre société. De nos jours, la mort se doit d'être une transition sucrée. Pendant cette grossesse, j'avais souvent pensé que ma vie était trop normale pour que je devienne père de jumeaux, cette bizarrerie qui vous fait basculer dans un autre monde. Nous discutions encore les prénoms : Victor ? Octave ? Émile ? Des prénoms très troisième République comme tous ceux que choisit notre génération. J'avais assisté à la dernière échographie de

Camille. Pendant ce rendez-vous j'avais demandé à son gynécologue si nous pouvions partir en week-end à Saint-Malo ; il n'avait vu à ce voyage aucun obstacle. La grossesse se déroulait dans les meilleures conditions. Nous avions appris alors que Camille attendait deux garçons. En sortant de la clinique, elle avait pleuré : elle avait espéré au moins une fille. Je l'avais sentie déçue. Dans ma famille, nous ne faisions que des garçons. En dépit du geste sûr de son médecin, je lui avais dit que cette nouvelle clinique ressemblait trop au Club Med et qu'après notre week-end à Saint-Malo je demanderais à mon frère, généticien, de nous prendre un rendez-vous dans le service d'obstétrique du CHU de Rouen. Comme Gustave Flaubert, j'ai un frère médecin. J'ai quarante et un ans. Qu'avait-il écrit, le « patron », en 1862 ? Où était-il ?

La nouvelle s'est répandue dans la journée comme les rayons du soleil couchant. Des SMS, des messages sur mon portable, des courriers électroniques. Des auteurs, des amis. Des mots justes, pas convenus. Le malheur des autres attise la curiosité sur la scène du drame et nous renvoie à notre propre mort. L'homme devient d'un coup précis, chaleureux.

À la clinique, je passe revoir Camille. Je lui montre le polaroïd de Gaston. Ce sera l'image de notre fils. Il nous restera toujours cette photo. Je lui raconte ma visite à l'hôpital, le service bunkerisé. Une matrice artificielle à la place de l'utérus maternel. Je trouve Camille épuisée mais forte : elle a frôlé la mort. Elle prend soudain conscience d'être une revenante. Une revenante qui a accouché d'un enfant mort parce qu'il n'a pu sortir du ventre de sa mère assez vite. Une idée m'obsède : je suis le meurtrier. Camille se montre optimiste pour Gaston : « J'ai confiance en lui. »

Je dois me débarrasser de moi. Qui suis-je ? Un hamster dans sa roue. Une caricature qui ne tient pas en place. Un nomade de l'édition. J'ai créé une petite entreprise. Gérant, c'est une fonction de minable. Je suis pendu au téléphone. Je passe ma vie dans les trains, entre Paris et la Normandie. La banque me met la pression pour recouvrer ses engagements. Il faut aussi caler les livres avec l'imprimeur, travailler avec les auteurs, rencontrer les journalistes, les exciter avec un chiffon rouge, lancer de nouveaux projets, fixer des objectifs au diffuseur, rencontrer les directeurs des ventes, les représentants, fixer le budget pour l'année suivante alors que je ne sais pas ce que l'on va gagner le mois suivant. Toujours plus, *of course*. Chauffe, Marcel. Il ne s'agit plus de se montrer contemplatif, de parler du style d'un écrivain. Il faut de la chair fraîche, du résultat, des livres qui « pissent du bénéfice », selon l'expression d'un commercial de ma société de diffusion.

Tous les jours, je suis dans les machines. Je graisse, vérifie les jauges. Désagréable impression parfois d'avancer sur un seul moteur. Je grimpe à la passerelle. Pas d'écueil à l'horizon ? Je traverse des dépressions, parfois un cyclone. De temps en temps, le calme plat, mais pas très longtemps. On sombre vite dans la paranoïa : les forces économiques sont à l'œuvre. Mon téléphone portable est le réceptacle de toutes les attaques adverses. J'ai la tentation souvent de le fracasser à coups de marteau. Je rêve d'un autodafé des téléphones portables. Il vibre, sonne. J'ai forgé ma propre aliénation. Et pourtant cette petite entreprise m'a donné du plaisir. C'est ma coke. On me le fait payer.

Vouloir construire un bonheur familial, quoi de plus bourgeois ! Flaubert n'en a pas voulu. Jeune, on passe son temps à lire les antidotes au poison familial pour finalement entrer de plein gré dans le rang. Mais j'aurais été incapable d'attacher plus d'importance à mes livres qu'à mes enfants.

À quarante et un ans, Flaubert venait d'achever *Salammbô*. Ses enfants : ses livres et sa nièce Caroline. Il en a fini de sa liaison avec Louise Colet. Il a écrit sa *Bovary*. Il lance le plan de son *Éducation sentimentale*. Il est célèbre dans les cercles littéraires. La comparaison m'écrase. Je n'ai même pas la culture de Louis Bouilhet, son ami, son jumeau au physique. Flaubert reste ma cathédrale. Et là tout s'écroule, éclate plutôt. Comme la poche des eaux, comme une terre ronde et bleue. Déflagration, souffle, plutôt qu'effondrement. Plus de mensonge, de paravent littéraire. Seul sur la route verglacée alors que le printemps est là.

Le premier soir, je récupère les enfants. Je n'ai qu'une obsession : être avec eux, recoudre les chairs déchirées, les rassurer sur leur maman. La maison a tremblé, elle reste debout. Leur petit frère est à l'hôpital et son jumeau ne sera pas sur terre. La nuit précédente, ils ont été arrachés à leur sommeil, jetés dans l'effroi, emmenés chez leurs grands-parents maternels. Ils me posent des questions sur Arthur, surtout le cadet, qui fait immédiatement sien l'enfant mort. Je leur parle dans leurs lits, leur caresse le front. Ils tournent leur regard immense vers le plafond.

Je retrouve notre chambre au sous-sol. Le coin de la couette est replié comme lorsque l'on bondit en pleine nuit parce qu'un enfant pleure. Il y a une petite tache de sang sur le lit. C'est la seule trace de la nuit du drame. Un linge maculé de sang matriciel. Je suis seul, le vide à côté de moi.

IV

Pendant les premiers jours de l'hospitalisation de Camille tous les matins se ressemblent. Je me lève tôt, bois un café seul. J'évalue l'ampleur du désastre, je téléphone à l'hôpital de Rouen, parle à l'infirmière de garde, qui me donne des nouvelles de Gaston. Je lis le courrier électronique de mes amis qui ont appris la nouvelle. Comment la qualifier ? Le drame, la catastrophe, le deuil, l'« épreuve », me dit mon ami Alexandre qui me parle souvent comme un père. Je leur réponds : « C'est dur. » Camille remonte la pente. Gaston est un combattant. J'adopte une ligne de conduite minimale : répondre aux mails professionnels comme si de rien n'était, donner des nouvelles de leur livre aux auteurs. Ma vie professionnelle et ma vie personnelle se confondent. Une partie de moi est pétrifiée. Une autre bouge encore. Narcissisme et en même temps hyperconscience des autres : sentiment d'appartenir à une autre communauté avec ses heureux et ses damnés. Rappeler les pompes funèbres qui me tannent pour que je passe à leur bureau. Dans ma besace, avec laquelle j'ai tant voyagé, les numéros de téléphone du service néonatalité et la carte des pompes funèbres, ces comptables de la mort. Mine de circonstance du préposé, derrière son bureau : condoléances et tutti quanti. Et puis le catalogue avec photos pour le choix du cercueil :

— Blanc, pour un enfant, monsieur.

— Non, seulement en bois, du chêne. L'incinération, quand ?

— Il faut prendre rendez-vous au crématorium de Rouen. Et le planning est chargé. Pas avant mercredi.

Je respire presque d'avoir quelques jours de répit. Je quitte le mort pour aller voir le survivant. Sans m'arrêter à la clinique où est Camille : je veux éviter de lui raconter ce sinistre rendez-vous. La route, c'est presque le calme : Saint-Aubin, Omonville, Auffay, Tôtes. Voie express, autoroute. Descente vers Rouen. À gauche, Canteleu, où se trouve la bibliothèque de Flaubert ; à droite, Croisset, et son pavillon, fortin sur la Seine, survivance de la propriété familiale détruite des Flaubert. Les pointes de la cathédrale et de l'église Saint-Ouen. Rouen ! Pour qui sonne le glas ?

Quais de Seine, rive droite. Le pont Flaubert est en construction. Parking du CHU Charles-Nicolle au pied de la colline Sainte-Catherine, à l'extrémité de la ville. Je passe devant la statue de Flaubert. Pavillon Mère et Enfant où je déposais à l'aube Emmanuelle, élève sage-femme que j'ai aimée à vingt ans. Dans le hall, au rez-de-chaussée, un banc circulaire en bois, devant des distributeurs de boissons et de confiseries. C'est là où convergent, l'air un peu hagard, les personnes en attente d'une consultation et les femmes hospitalisées — certaines enceintes — qui sortent pour fumer une cigarette. Ascenseur, quatrième étage. Je croise des pères épanouis qui vont au premier voir leur femme, fraîche parturiente. Plus vous montez, plus la situation est grave. La réanimation pédiatrique est un coffre-fort de couveuses.

Je sonne, me présente à l'interphone. En deux jours, j'ai intégré le rituel. D'abord choisir le casier comme dans une salle des profs. À l'intérieur, les deux blouses blanches à rayures vertes. La tenue officielle des parents. Une blouse qui ressemble à celle des chirurgiens autrefois. Elle se ferme dans le dos par un lacet. Puis lavage des mains à l'alcool et au savon. Angoisse déjà de contaminer son enfant alors qu'on lui a infligé la vie avec une gifle. Couloir. Porte. Nous entrons sur scène, figurants parmi les acteurs du monde des limbes. Une salle de taille moyenne aux chambres individuelles séparées par des cloisons vitrées. Sur chaque porte toujours ouverte, une ardoise ou un film de plastique blanc avec le nom de l'enfant. Gaston est au fond de la salle, à gauche. Les infirmières se relaient, s'activent autour des isolettes : elles plongent les mains à travers les deux hublots latéraux, injectent, prélèvent.

Gaston ressemble à une petite bête blottie, sur le ventre, dans son terrier. Terrassé par des perfusions, des sondes, des puces électriques. Dès que les infirmières le touchent, elles lui parlent. Ses talons évoquent de minuscules bulbes dont la forme est

42

identique à ceux qui prolongent la carène avant des navires. Sur l'écran plat du scope : fréquences cardiaque, respiratoire et taux d'oxygène dans le sang. Chiffres qui comme des indices boursiers varient à tout instant. Au-dessous de certains seuils, des alarmes orange ou rouges se déclenchent. Et elles sonnent en permanence. D'une chambre à l'autre, elles paraissent se répondre. Le mot récurrent est « désaturation » : l'enfant oublie de respirer, ses battements de cœur ralentissent. Il faut immédiatement le stimuler.

J'ouvre le hublot, passe la main droite, lui caresse de l'index l'épaule recouverte d'un duvet noir. Il frissonne. Je lui parle. J'ai du mal à lui dire « Gaston ». Peur de l'identification. Je lui dis : « Mon chou, c'est Papa. » La phrase me paraît ridicule comparée à la gravité de ce qu'il vit.

J'ai peur de déranger ce grand silence. D'offusquer les dieux ou les anges qui voudront bien se pencher sur lui. J'ai été transporté dans une chapelle. Gaston et moi sommes en apnée, dans la concentration. Ne pas penser, ne pas se projeter. L'aider. Le souffle. La chaleur. Je m'isole. Il faudrait oublier le fracas. L'enchevêtrement de l'accident. Tel un prêtre discret, le professeur Laudenbach vient me saluer, me donne des nouvelles. Son calme, sa maîtrise. Comme si une journée c'était la vie ; je n'ose y croire. Je ne crois plus en rien. Après tout c'est moi qui ai mis tout le monde dans le fossé.

« La maman est où ? » me demande le personnel médical. À la clinique. Un rapprochement serait nécessaire. Mon frère, médecin, va s'occuper du transfert. Je commence à passer toutes mes journées à l'hôpital. Le pavillon Mère et Enfant, à gauche de la statue de Flaubert, à la fois la proue et le gardien de l'hôpital. Un après-midi, Camille arrive dans un fourgon d'ambulance sur un brancard relevé. Elle a un petit sourire quand elle me voit. Mon frère est là. Elle a son dossier médical posé sur la couverture. Elle découvre sa chambre au deuxième étage, service de maternité-gynécologie. Sa cicatrice la fait terriblement souffrir. Nous sommes obligés de la porter avec les infirmières pour l'installer dans le lit.

C'est une grande journée : Camille et Gaston vont se retrouver. Dans un fauteuil roulant, nous quittons la chambre 243 pour monter à l'étage de réanimation. Nous rions presque dans les couloirs après avoir été recouverts par la vague. Nous sommes le 2 juin, cinquième jour de vie de Gaston. Il pèse 981 grammes. L'infirmière le sort de son isolette pour que Camille puisse le prendre dans ses bras. C'est un petit animal électrique. Ses yeux sont fermés. Sa tête est recouverte de son bonnet blanc de marin. Premier peau à peau avec sa mère. Elle le berce, le prend dans ses bras. « Gaston, dit-elle. Petit chou. Pourquoi as-tu voulu sortir si vite ? » À son tour elle s'en veut et soupire que les enfants n'étaient pas bien dans son ventre. Gaston était celui qui bougeait le plus et ne cessait de faire des galipettes. Alors qu'Arthur se montrait plus calme, plus placide.

Voilà à quoi m'a mené la littérature : un enfant mort et un autre, 981 grammes de notre chair, qui se bat dans un combat impossible pour respirer. Si je n'étais pas éditeur, écrivain, si nous n'étions pas allés au festival Étonnants Voyageurs de Saint-Malo, si je n'avais pas rejoint Paris pour accompagner des auteurs, est-ce que tout cela serait arrivé ? Et quelle est la responsabilité de Flaubert, gardien du temple de la littérature et du CHU Charles-Nicolle ? Rouen, dont il s'est tant moqué, a fini par le remettre derrière ses grilles, l'avaler, le digérer, à en faire un concierge d'hôpital. Gare au gorille !

C'est après la lecture de *Madame Bovary* à l'âge de quatorze ans que j'ai décidé de faire mon coup d'État intérieur : devenir écrivain. À défaut, je réduisais mon ambition au grade de journaliste, catégorie que Flaubert déteste par-dessus tout. Dès lors se fixait en moi une obsession : la médiocrité. Flaubert fut ma justification et sa correspondance mon code de vie. Absolu, j'écris ton nom. Une adolescence entre *Madame Bovary* et *La bombe humaine* du groupe de rock Téléphone. À l'époque, Rouen me semblait une ville inaccessible, je roulais sur une mobylette 103 Peugeot. De quoi avais-je l'air avec mon sweat-shirt *Fruit of the Loom* et ma veste de velours beige ?

On embrassait les filles, on leur caressait les seins mais on n'était pas encore allé plus loin. Il fallait attendre le lycée pour vraiment coucher. Flaubert le sexuel, le sexué, que je découvrais à l'âge de l'obsession du corps. Ma Pléiade tome 1 de la *Correspondance* que j'emportais en séjour linguistique dans les Cornouailles, l'été, tout en écoutant Donna Summer, the Boomtown Rats, les Wings. Flaubert a eu des petites amies anglaises. Ma *girl-friend* s'appelait Donna et portait un grand tee-shirt blanc Betty Boop. Les baisers avec la langue devaient tout de même m'obséder plus que les émois du jeune Gustave. Je me délectais de sa rébellion contre la faculté de droit où il s'ennuyait à mourir. J'aurais peut-être dû m'intéresser plus aux filles qu'à la littérature. Mais les deux choses vont ensemble. Flaubert, lui, préféra l'écriture aux femmes. Je le lis depuis près de trente ans et me demande si ce n'est pas un maître trop paralysant, trop lucide, qui finit par vous dégoûter de la vie. Flaubert, l'écrivain de la Thébaïde, accroché à son style parce qu'il a le luxe de ne penser à rien d'autre.

Flaubert m'a sidéré. C'était en 1980. Je n'avais pas de religion. Je ne croyais ni en dieu ni en la politique. Je n'étais rien. Et je sentais que ma géné-ration ne serait rien. Coincée. Sans ambition. *Nada de nada*. Enfants des classes moyennes, d'une petite bourgeoisie de la méritocratie qui vivait ses derniers feux. Nous n'étions ni ardents, ni pâles ni nerveux. Nous étions des demi-soldes du demi-siècle. Flaubert fut mon opium. Mon phare dans la nuit d'une jeu-nesse provinciale. Je m'engageai dans la littérature, cette cause qui attire quelques génies et bon nombre de ratés. Mais cette nuit de printemps où tout s'effondra, où ma famille fit naufrage, se porta-t-il à notre secours ? « Je suis un grand docteur en mélancolie, écrit Flaubert, le 11 juillet 1858 à Mlle Leroyer de Chantepie. Vous pouvez me croire. Encore maintenant j'ai mes jours d'affaissement et même de désespérance. Mais je me secoue comme un homme mouillé et je m'approche de mon art qui me réchauffe. Faites comme moi, lisez, écrivez et surtout ne pensez pas à votre guenille. »

Il fallait donc que j'oublie ma guenille, c'est-à-dire le corps, selon l'allusion aux *Femmes savantes* de Molière. Mon corps d'un coup insensible, anesthésié, alors que je n'avais pas encore traversé de ma vie une véritable épreuve.

C'était peut-être cela qui m'avait emporté : le dégoût flaubertien. Il n'y avait pas d'issue, nous sommes prisonniers de notre aquarium. À Louise Colet, il écrit, alors qu'il n'a pas encore vingt-cinq ans : « J'ai au fond de l'âme le brouillard du Nord que j'ai respiré à ma naissance. Je porte en moi la mélancolie des races barbares, avec ses instincts de migrations et ses dégoûts innés de la vie, qui leur faisait quitter leur pays comme pour se quitter eux-mêmes. »

Oui, j'étais un vandale. J'avais tout saccagé. Et Camille comme Louise Colet avait du sang romain, une langueur de Vénus. « Comment s'est passée votre jeunesse ? demande Flaubert à Mlle Leroyer de Chantepie. La mienne a été fort belle *intérieurement.* J'avais des enthousiasmes que je ne retrouve plus, hélas ! Des amis qui sont morts ou se sont métamorphosés. Une grande confiance en moi, des bonds d'âme superbes, quelque chose d'impétueux dans toute la personne. Je rêvais l'amour, la gloire, le Beau. J'avais le cœur large comme le monde et j'aspirais tous les vents du ciel. Et puis, peu à peu, je me suis racorni, usé, flétri. Ah ! je n'accuse personne que moi-même. »

Ce fut ma chance, cette Bovary, cette rencontre à l'âge de la puberté. Le seul remède contre la solitude, la vie de sous-préfecture. À quatorze ans, qu'ai-je trouvé chez Flaubert ? L'hystérie du style, de l'art, la haine de la bêtise. Contrairement à lui, je n'ai pas repoussé les « ivresses humaines ». À mes yeux, la vie ne vaut que pour ses ivresses. À cet âge, on veut un idéal, un engagement. Ses trompettes contre les bourgeois, je les ai entendues. Je m'en suis délecté. Et la correspondance de Flaubert est plus saisissante qu'un film porno. Mais il faut être rentier et célibataire pour le prendre au pied de la lettre. Flaubert est un lion. Vous entrez dans la cage, il vous dévore. Cette fois c'est toute ma famille qui est blessée à mort. « Ayons la pudeur des animaux blessés, écrit-il. Ils se f... dans un coin et se taisent. Le monde est plein de gens qui gueulent contre la Providence. Il faut (ne serait-ce que par bonnes manières) ne pas faire comme eux. »

J'ai des enfants. Sommes-nous dignes de leur innocence ? Nos prétentions littéraires semblent dérisoires en comparaison. Flaubert est trop désespéré, ne croit pas au devenir de l'humanité pour être père, lui qui se montre si paternel avec les écrivains. Un livre c'est l'orgueil ; un enfant, l'innocence. Ou vice versa. Je ne suis plus dans le déchirement entre l'art et la paternité. Avoir des enfants est la seule façon de se réconcilier avec le monde, de souhaiter l'apaisement. Notre société est nataliste car c'est une garantie d'ordre. La solitude est subversive.

V

J'essaie de remonter le fil. Un mois avant l'accouchement je me trouvais à bord de la frégate *La Touche Tréville*, cap vers l'Irlande et Dublin. Belle navigation entre amis. Scotch à 18 heures avec Antoine Bataille, qui à plus de quatre-vingts ans monte et descend encore les échappées allègrement. En approchant du canal de Bristol, je note dans mon carnet : « Wolf Rock par 49 ° 56,7' de latitude nord et 48°,5 de longitude ouest. » Un écueil qui ne fait pas peur aux deux cent trente marins de la frégate de lutte anti-sous-marine, habitués à déjouer d'autres obstacles. Un coup de règle Cras sur la carte marine et de nouveau une route fluide. C'est la raison pour laquelle j'aime la marine et la navigation : l'ascèse, la concentration sur la conduite du bâtiment. Rien d'autre ne compte. Un sillage régulier et la mer qui s'ouvre devant l'étrave. Moi, je m'accroche à ce Wolf Rock ou plutôt je fonce droit dessus. Je note aussi sa qualification trouvée à la passerelle dans le livre de navigation : « rocher isolé et accore ». « Accore », ce mot d'origine néerlandaise, se dit, selon le dictionnaire, « d'une côte, d'un écueil qui plonge verticalement dans une mer subitement profonde ».

Une mort est accore. Un précipice après lequel il n'y a plus rien. Wolf Rock, le rocher du loup. Nous y voilà, naufragés agitant les bras pour qu'un navire se porte à notre secours. Tout à coup, la maladie n'est plus un fantasme. Le choc est violent, irrémédiable. Accepter l'horreur. Dans sa jeunesse, Flaubert vivait à l'Hôtel-Dieu de Rouen, immense hôpital où il voyait son père, pionnier de l'anatomie, entouré de sa cour d'internes disséquer, opérer, trancher. Médecin, écrivain. Même direction du regard : écouter, palper, soigner par la chirurgie ou la chimie de l'imagination. Flaubert, on le sait, est encadré par deux enfants morts, nés avant lui. Seul Achille, l'aîné de la fratrie, a survécu. Plus tard, avec sa longue barbe taillée en pointe qui lui donne une allure de sage antique, il sera l'incarnation du grand médecin moderne, ce qui ne l'empêchera pas de tuer son père en l'opérant d'un abcès à la cuisse qui dégénérera en septicémie.

Avoir un père médecin, à cette époque, c'est vivre au milieu des malades, des amputés, des macchabées. Tout a commencé pour Gustave dans ce pavillon de l'Hôtel-Dieu où il est né le 12 décembre 1821. Cette résidence avec vue sur la salle de dissection. Gustave sera le concierge des horreurs physiques de l'existence. Comment croire alors à l'optimisme ? Face à cette pourriture, l'art, la littérature, eux, ne se décomposent pas. Voici l'Olympe au-dessus des servitudes du quotidien, dont Gustave se veut un serviteur.

À l'époque, la mort d'un enfant est banale. C'est la raison pour laquelle on fait tout pour ne pas s'y attacher les premières semaines. Aujourd'hui c'est un scandale, une destruction. Les parents ont fait des enfants l'ultime accomplissement de leur vie car le reste s'est écroulé, spiritualité, politique, aventure. La société à l'image du dieu Moloch dans *Salammbô* a besoin des enfants, ces agents économiques qui doivent fournir du combustible. Rouen sait aussi avaler et digérer ses artistes les plus rebelles ou les plus académiques. Elle leur donne le nom d'une rue. Elles les enroule, les étouffe, les neutralise.

La rue Gustave-Flaubert, ancienne rue de Crosne, conduit à l'Hôtel-Dieu, qui abrite désormais la préfecture. S'y trouve également le tribunal administratif. Flaubert, qui compissait le droit, aurait apprécié. Louis Bouilhet, le meilleur ami rouennais de Flaubert, est relégué dans le faubourg bourgeois de Jouvenet, au-dessous du quartier de Bihorel. C'est une longue rue à proximité du cimetière monumental où sont enterrés les deux amis. Elle est parallèle à la rue Hyacinthe-Langlois, auteur d'un célèbre portrait de Gustave enfant. Il fut son professeur de dessin et celui de son frère aîné, Achille, au lycée de Rouen.

Langlois avait une chevelure moderne et épaisse, un visage présent, un regard qui ne se prend pas au sérieux. Artiste libéral, passionné, attendrissant, il fut un fin connaisseur de l'archéologie et de l'histoire monumentale normande.

Pendant un an — ma première année d'étudiant

à Rouen, en hypokhâgne —, je vécus dans sa rue, juste au-dessous de la rue Tannery, où habite désormais mon frère, sans avoir à l'époque l'idée de m'intéresser à lui alors que ma passion pour Flaubert était déjà ancienne. C'est une rue froide, longue, montueuse, comme toutes celles de cette colline de Bihorel, qui s'étire à perte de vue, juste au-dessus de la place du Boulingrin, où se tenait autrefois la foire Saint-Romain, l'un des événements de la vie rouennaise, qui ne déplaisait pas à Gustave à cause des monstres qu'on pouvait y voir.

J'habitais une chambre d'étudiant, dans une maison haute et étroite, propriété d'une Rouennaise catholique, royaliste, désargentée, veuve. Elle s'occupait d'un de ses fils, géant aux cheveux longs qui devait avoir alors près d'une trentaine d'années, devenu aveugle après une tentative de suicide par défenestration. Je me souviens d'une piaule glaciale au dernier étage qui ne dépassait pas les 14 °C l'hiver avec pour vis-à-vis à l'autre bout du palier un étudiant d'une école d'ingénieur. Je faisais tout pour rentrer tard dans ce lieu triste, mortellement petit-bourgeois, à la frontière du sordide. Je pris alors goût aux bars, aux restaurants, tous ces lieux où je pouvais m'enivrer et m'aménager une illusion de luxe, où je dilatais les heures avant de rejoindre ma paillasse. J'y planchais jusqu'à l'aube sur le Nouveau Roman et la Nouvelle Histoire. Ici tout était vieux, tout sentait l'étroitesse, le velours usé.

Je me retrouve en haut du quartier Jouvenet, chez mon frère et ma belle-sœur, qui m'entourent de leur joie. Comme dans la famille Flaubert, mon frère est le sage, l'autorité libérale. En médecin confronté à l'horreur, il vit chaque jour comme un miracle.

Le premier soir où je loge dans sa maison de la rue Tannery, il me prépare un punch. Chez nous un rituel quotidien et familial depuis notre enfance aux Antilles. On boit souvent des punchs dans *L'éducation sentimentale*. C'est une soirée de soleil et de printemps, ces premières longues journées de juin. Nous devons dîner dans le jardin autour d'un barbecue. On ne devrait rien faire pendant ce mois, regarder les filles en robes, le bonheur de la nature, les ciels étoilés. Mais le mur de l'hôpital m'empêche de voir la vie. J'ai passé tout l'après-midi à Rouen et le début de la soirée avec Camille.

— Je suis en retard, dis-je à mon frère.

— Ne t'en fais pas ! Les cendres du barbecue ne sont pas encore retombées.

Je souris presque intérieurement de sa réponse. Il ne prend pas conscience de l'ironie de ses mots. Cet après-midi, je suis passé au crématorium du cimetière monumental en haut de la colline pour repérer et m'acclimater au lieu où devra être incinéré Arthur.

Pourquoi l'incinération ? Parce que c'est un chérubin, un séraphin, un enfant des limbes. C'est peut-être une façon de le faire revenir à son état originel. Nous ne nous sommes même pas posé la question, Camille et moi : le laisser dans un cercueil, impossible ! Lorsque je suis allé aux pompes funèbres, j'ai choisi l'urne la plus simple, en faïence blanche. Elle ressemble tout de même à un trophée de sportif. Je me concentre sur cette épreuve. Qu'on en finisse.

Un autre temps commencera peut-être après. Lequel ?

J'essaie de tenir le fil, Camille, nos deux aînés, Gaston. Il y a aussi la petite entreprise, les autres, les vivants. Sur la terrasse de la maison de mon frère qui offre une vue panoramique sur la ville de Rouen, des clochers de la cathédrale aux toits de l'hôpital et jusqu'à Croisset, je balance entre envie de crier à l'injustice que nous subissons et désir de profiter de cette parenthèse de consolation. Le soir, dans la chambre où je dors seul (mes enfants sont chez mes parents) je pense à Camille dans la solitude nocturne de l'hôpital, à Gaston et ses tubes. Je lui ai offert une peluche minuscule, pour qu'elle ne l'étouffe pas.

Ma femme et mon fils à l'hôpital, c'est la première évidence, au réveil. En quelques jours, l'hôpital est devenu mon quotidien, ma structure. Tant que j'y suis, Gaston est en vie.

Chaque matin, envie de courir à l'hôpital pour prendre des nouvelles. Un lieu clos où je respire si je sais notre fils en vie. Pavillon Mère et Enfant. Ma nouvelle maison. Devant, une parcelle d'humanité : des femmes blanches, noires, voilées, des familles de Roms. Où ai-je lu : « Le *culte de la mère* est, sera l'une des choses qui fera pouffer de rire les générations futures ainsi que notre respect pour l'*amour*. Cela ira dans le même sac aux ordures que la *sensibilité* et la *nature* d'il y a cent ans » ? Chez Flaubert ! Vite, Camille m'attend. Entre le rez-de-chaussée et les étages, le ballet des sages-femmes, des infirmières, des aides-soignantes, des médecins en sabots coiffés d'une charlotte verte. L'aspect religieux du ballet qui glisse. Distribution des rôles : les accouchées sans pathologie à gauche. Les accouchées problématiques à droite. Le respect de l'intimité des femmes qui ont donné la vie, recluses dans des cellules avec la télévision en plus. La biberonnerie où l'on dépose le lait maternel tiré des seins fatigués. Et je monte au quatrième étage, en réanimation, où luttent la vie et la mort.

Quelques jours après, Gaston est transféré de réanimation en soins intensifs. Au troisième étage, en secteur bleu. C'est un endroit moins confiné que le secteur vert. Le périmètre est entouré de vitres permettant dès le couloir d'accès d'apercevoir son enfant. Quelques chambres individuelles et une salle commune qui occupe la moitié du service où sont alignées les isolettes des enfants.

VI

Et voici le terrible jour. J'espère le sauter comme un obstacle, me dire qu'il n'a jamais existé. Je suis cloué. Je m'y prépare. Je veux être seul avec Arthur. Sans famille. Sans ami.

J'ai renoncé à trouver un prêtre. Il n'y a plus personne dans les presbytères. Les curés ne veulent plus se déplacer. Le matin, je suis allé courir en bord de mer. Respirer. Garder mon calme. La mer qui nous recueille. Courir, toujours. Je me suis douché, habillé, cravaté. Comme si j'allais travailler à Paris, à un rendez-vous professionnel. Tu as rendez-vous avec ton fils, avec le mort, avec la mort. Avec toi-même. Tu es dans l'enfer maintenant. L'as-tu compris ? Tu fais comme si de rien n'était. Tu t'efforces d'être mécanique. Le jardin de la maison est en fleurs. Tu cueilles une rose magnifique, mauve, du rosier qui éclate en mai.

Dans ma bibliothèque, je prends un livre de Camille et l'un des miens. C'est dérisoire, ce papier qui va finir brûlé. Notre façon d'être avec lui : nos livres. Avant de partir, j'ai téléphoné à Camille.

« Sois fort », me dit-elle. Clouée sur son lit d'hôpital, elle ne peut assister à l'incinération de son fils. Cette solitude que je réclame, je ne peux la partager qu'avec Camille. Cette cérémonie ne regarde que nous.

Route de Dieppe comme si j'allais à la gare prendre un train pour Paris. Mais je tourne, deux cents mètres avant sur la droite puis la gauche pour rejoindre la chambre funéraire. C'est là où mes grands-parents et ceux de Camille ont reposé. Des morts régulières, dans l'ordre des choses, que nous avons accompagnées en famille. L'homme des pompes funèbres m'attend dans le couloir après le hall d'accueil. Grand, aimable. On m'avait demandé si je souhaitais la lecture d'un texte. J'avais refusé.

Il est là, au milieu de la salle, sur des tréteaux, le petit cercueil en bois, recouvert d'un voile blanc. Dans le cercueil, en bas, à droite, je pose les livres et la rose. Je parle à Arthur. Je le bénis. Moi, qui chaque jour joue avec la mort, je l'ai devant moi. J'ai cessé d'exister. Ce que nous donnons, nous le reprenons.

Derrière la porte latérale, je sens la présence de l'officier de police judiciaire qui doit sceller le cercueil comme s'il s'agissait d'un crime. Il se cache, pareil à un acteur de théâtre qui s'apprête à surgir sur scène. La loi veut conserver les morts dans ses entrailles, savoir où ils vont.

Et maintenant la route de Rouen, au volant de mon vieux coupé. Je ne redoute qu'une chose : dépasser le corbillard. Le rendez-vous au crématorium est à 14 heures. Je me gare dans l'avenue

Jeanne-d'Arc. Je suis un homme ordinaire passant une journée ordinaire. Dans une librairie, j'ai acheté *L'immortalité de l'âme* de saint Augustin. Je vais dans un restaurant à la mode près du marché aux fleurs. Déjeuner d'un homme ordinaire. Je paie mon addition. « Bon après-midi, monsieur », me dit la serveuse, qui ne ressemble pas à une serveuse avec son pantalon noir serré et son chemisier blanc très bien coupé. Je remonte le boulevard de l'Yser comme si j'allais chez mon frère.

Depuis quelques heures, personne ne m'a téléphoné : je m'absente du monde. Je me souviens de l'incinération de mon cousin, Antonin, au cimetière monumental de Rouen. Il avait trente-sept ans, était d'une exigence flaubertienne avec la littérature, qu'il appréhendait comme un sport martial. Il avait quatre enfants. C'était un homme enfermé dans sa sensibilité, dans sa « maladie noire » comme Gustave après son attaque des nerfs sur la route de Pont-l'Évêque en janvier 1844. Il est mort le jour de Noël. Aussi géant physiquement et intellectuellement que Flaubert. Je me souviens du moment où j'avais décroché le téléphone chez mes parents — nous écoutions un disque de Kiri Te Kanawa — et où mon parrain, le père d'Antonin, m'avait annoncé qu'il l'avait trouvé dans son bureau, affalé sur sa table de travail. « Ce n'est pas vrai », avais-je crié. Il m'avait demandé d'aller annoncer la nouvelle à ma tante : « Sois forte », lui avais-je dit avant de l'étreindre dans mes bras. Ce lieu commun que l'on m'a répété aussi pour Arthur. Mais comment peut-on être fort contre la mort ? Il faut au contraire s'abandonner face à elle, mettre genou à terre. Cela était terriblement vrai. Nous avions incinéré Antonin un matin de janvier. Le crématorium ressemblait alors à un temple romain. Nous avions écouté le *Requiem* de Mozart, un long texte du poète Jean-Marie Lepois, son ami. Et puis le cercueil était parti dans l'âtre rougeoyant qui s'était ouvert devant nous.

Le crématorium a été déplacé vers le nord, à l'extrémité du cimetière. Je me gare à côté du corbillard qui a transporté notre fils. Des employés à l'extérieur fument leur clope. La cheminée tire. À peine entré dans le bâtiment bleu, moderne, inhumain, le responsable des pompes funèbres, qui a mon âge, habite dans le même village que moi, et m'a accueilli tout à l'heure à la chambre funéraire, vient me soustraire au regard de la petite foule assise dans le hall d'accueil. Il ouvre une porte sur laquelle j'ai le temps de relever un nom : Gustave Flaubert. Il y a un pont Flaubert, des ambulances Flaubert, des cafés Flaubert, un lycée Flaubert et maintenant une salle d'incinération Gustave-Flaubert.

Le cercueil d'Arthur est là, dans cette salle qui ressemble à un demi-amphithéâtre. Je lui dis que sa maman, ses frères et moi serons toujours avec lui. Je bénis son corps à plusieurs reprises tout en lisant *L'immortalité de l'âme* de saint Augustin. Ma lecture est confuse, brisée par les larmes. Mais elle me permet de calmer mon émotion dans une tentative de concentration : « Mais quoi qu'il en soit, l'âme a ceci de plus qu'elle est manifestement supérieure au corps. Et c'est ainsi, et automatiquement, qu'on a une preuve de son immortalité, si elle peut subsister par elle-même. Car tout ce qui est par soi-même est nécessairement incorruptible, ne peut mourir, parce que rien ne se déserte soi-même. »

Je voudrais rester là, avec Arthur, pour l'éternité. Dans ce dialogue, cette contemplation. Mais aux pompes funèbres, l'heure c'est l'heure. La porte s'ouvre, l'ordonnateur veut savoir si j'en ai fini. Je demande encore quelques minutes de répit. Je prends le cercueil dans mes bras, comme un couffin. C'est la première et dernière fois que je le porte. L'homme des pompes funèbres m'explique qu'au-delà de la limite autorisée je ne pourrai plus le porter. Je regarderai l'incinération sur un écran. Surtout ne pas crier, ne pas sortir des règles, du protocole de la mort. C'est moi qui donnerai le signal en appuyant sur un bouton rouge. C'est sa mère et moi qui lui avons donné la vie, c'est moi qui le brûle. L'incinération par télévision interposée : voilà le XXIe siècle. J'attends un bref instant. L'image tremblote puis se fixe. Mon fils sur un tapis roulant. J'appuie sur le bouton rouge qui déclenche une sonnerie. Apparaît à l'écran un des employés du crématorium qui fumait tout à l'heure sa cigarette sur le parking. Une plaque métallique pareille à une guillotine se lève. C'est fini.

Je retrouve Camille à l'hôpital.

— C'est fait, lui dis-je.

— À 14 heures, j'étais avec Gaston, me dit-elle. Il était tout contre moi. Il a tremblé. Il a ressenti quelque chose.

Gaston désormais pensionnaire du secteur bleu des soins intensifs pousse de faibles grognements. Son corps est parcouru de frissons. C'est un petit animal si maigre, long de 34,8 centimètres, qui entrerait dans une boîte à chaussures : on voit son sang à travers le film de sa peau. « Je crois que toutes vos douleurs morales, écrit Flaubert à Mlle Leroyer de Chantepie, viennent surtout de l'habitude où vous êtes de chercher la *cause*. Il faut tout accepter et se résigner à ne pas conclure. » Il sait toujours décrire le tremblement ressenti à la perte des siens. La vie est si horrible qu'il ne veut pas être surpris. Et quand les autres s'abandonnent au chagrin, il lance : « Un peu de courage, voyons, *n'aimez pas* votre douleur. » Moi, j'ai souvent l'impression de me montrer complaisant avec ma douleur. De la disséquer, de m'interroger sur les causes de la punition. « Ça n'est pas gai de perdre les gens qu'on aime. En ai-je déjà enseveli, moi ! » À trente-huit ans, Flaubert est chauve et éreinté. J'ai trois ans de plus. Pour la première fois, je ressens une terrible fatigue morale. Un mur de pierre devant moi.

Le professeur Marret qui dirige le service de pédiatrie néonatale présente des ressemblances troublantes avec Achille Cléophas, le père de Flaubert. Le visage impassible de celui qui soigne, qui a vu l'autre côté du miroir. À la première approche ses traits peuvent sembler fermés mais s'éclairent très vite par un sourire fin. Le médecin-chef Flaubert est chirurgien, le professeur Marret pédiatre. L'un scie, coupe, tranche, l'autre couve, enveloppe, réchauffe, permet à des enfants qui au temps de Flaubert père seraient morts de vivre. Achille Cléophas est athée. Le professeur Marret est croyant : comment le sais-je ? Il ne parle évidemment pas de religion. Est-ce mon frère qui me l'a dit ? Ils habitent la même rue. « Je serai votre médecin référent, nous a-t-il dit à Camille et à moi. Nous nous verrons toutes les semaines pour faire le point sur l'état de votre enfant. »

Son bureau se trouve au coin du secteur bleu. Il dirige un service de plus de deux cents personnes. Une vie que l'on sent tournée vers sa famille : photo de ses trois enfants dans son bureau. Du couloir vitré d'où l'on voit les « prémas » alignés dans leurs isolettes, on est frappé par les écrans télé, les fameux scopes.

La médecine néonatale du XXIe siècle est riche, protégée. Elle n'est en rien comparable à la géria-trie. La société a besoin de sang neuf. Les vieux ne sont pas de potentiels « acteurs économiques ». La médecine au temps du père Flaubert ampute et com-mence à peine à s'intéresser au bien-être du malade. La médecine néonatale enveloppe dans du coton.

Au musée Flaubert situé dans le pavillon de l'Hôtel-Dieu (« Je suis né dans un hôpital et j'y ai vécu un quart de siècle », écrivait Gustave) sont exposés des instruments qui prouvent que méde-cine, menuiserie et boucherie ne sont pas très éloi-gnées les unes des autres. Une boîte de trépanation ressemble à une boîte à outils contenant une per-ceuse. « Le vilebrequin chirurgical est constitué de trois parties : l'arbre, le canon, la pomme (poignée ronde en bois). Sur le canon on fixe le trépan pour découper de manière circulaire l'os du crâne. Le tire-fond sert à enlever les os découpés au trépan, la rugine sert à racler les os du crâne et l'élévatoire permet de soulever les débris osseux. La brosse chasse les poussières d'os. »

La sensibilité de Gustave a été façonnée par la chirurgie. On connaît son sens de l'observation et de l'anatomie. « L'anatomie sans laquelle le médecin et le chirurgien ne sont rien », remarque-t-il. Quand j'ai vu Gaston pour la première fois, à l'hôpital, sur le ventre, j'ai immédiatement pensé à ce fœtus calcifié dans la vitrine du pavillon Flaubert de l'Hôtel-Dieu. Fœtus ayant séjourné dix-huit ans dans l'abdomen d'une femme autopsiée par Achille Flaubert, le frère aîné de Gustave, en 1851. Cela s'appelle un lithopédion. Le fœtus s'est développé hors de l'utérus, souvent dans la cavité abdominale. Je découvre une dépêche AFP récente qui relate l'histoire d'une femme de soixante-quinze ans enceinte pendant quarante-six ans ayant porté un fœtus de 4,5 kilos et qui se plaignait d'une lourdeur abdominale. La patiente s'était présentée pour la première fois en 1956 dans un hôpital marocain mais « faute de moyens techniques performants », la grossesse n'avait pas été décelée. Voilà une histoire « hénaurme » qui aurait retenu l'attention de Flaubert féru d'anecdotes sur la femme, la sexualité, la matrice, à l'image de Michelet avec qui il échangea plusieurs lettres.

Chez les Flaubert, on est médecin de père en fils comme dans les familles bourgeoises. Flaubert père et fils seront chirurgiens-chefs, c'est-à-dire patrons de l'Hôtel-Dieu. La médecine du XIXe siècle a été marquée par l'épopée napoléonienne. On trouve d'ailleurs au musée Flaubert de la Médecine une trousse d'amputation dessinée par Percy, chirurgien-chef de la Grande Armée.

Mais c'est surtout une machine étrange d'avant l'Empire qui retient l'attention : la machine à accouchement d'Angélique-Marguerite du Coudray. Un mannequin de toile rembourré de paille ou plutôt un tronc représentant « en grandeur naturelle la partie inférieure du corps d'une femme en position gynécologique ». Il est relié à un fœtus de sexe féminin. À l'origine le tissu était de couleur rose. Il est désormais délavé et de couleur paille. Cette machine était censée servir à l'apprentissage des sages-femmes. Angélique-Marguerite du Coudray était une femme remarquable des Lumières. Elle en connaissait sur le sexe autant que Julie de Lespinasse et Mme du Deffand. Peut-être avait-elle moins de lettres et de raffinement. Elle fut une sage-femme révolutionnaire. Née en 1712 à Clermont-Ferrand, elle fit le tour de France des hôpitaux et dispensa ses conseils à plus de cinq mille sages-femmes. Elle avait un caractère bien trempé, et se déplaçait avec une cour financée par l'État. Elle est l'auteur d'une encyclopédie : *Abrégé de l'art des accouchements.* Son livre était accompagné de gravures permettant à ceux qui ne savaient pas lire d'en comprendre le contenu.

Le plus remarquable dans cette machine à mi-chemin du cul-de-jatte et du monstre de foire c'est le fœtus de sept mois. Il est à l'extérieur de la matrice, qui ressemble à une grosse noix de coco éclatée. Une notice l'accompagne : « La matrice est de forme arrondie, d'un diamètre de 24 centimètres. Elle est en tissu rembourré de coton, ouverte dans sa hauteur. L'intérieur est entièrement doublé de peau de couleur chair. L'ouverture permet de voir le placenta. La face fœtale du placenta est brodée de fils rouges et bleus représentant les artères et les veines rayonnant autour du cordon ombilical. »

Il y a aussi des poupées de jumeaux avec cette position caractéristique, celle du sauteur en parachute, du plongeur remontant ses jambes pour un saut périlleux. Posture s'apparentant à l'angle du chien de fusil adoptée par les enfants malades, en situation de faiblesse. Les jumeaux de Mme du Coudray mesurent 25 centimètres. Ils sont reliés à un placenta en toile et séparés par un voile de coton. La même sorte de voile qui recouvrait Arthur dans son cercueil. Il est dit aussi que la naissance des jumeaux fait partie des accouchements à risques car « à l'époque de Mme du Coudray on ne pratique pas de césarienne ».

Camille a été césarisée, trop tard. Arthur est mort d'une souffrance fœtale aiguë : « Extraction à 6 h 53 d'un fœtus en état de mort apparente. » Camille césarisée comme si elle avait remporté un trophée pour son rôle dans un film dramatique. Camille qui a failli mourir. Camille que j'ai failli perdre, que j'ai peut-être perdue.

La douleur nous rend anarchiste, le chagrin fou. Je n'en veux à personne. Je me sens seul responsable de cet effroi. Je passe mes journées avec Camille à l'hôpital. Notre seul voyage, désormais. Chambre 243 au deuxième étage, où elle est encore hospitalisée, puis au troisième étage, où se trouvent les enfants. Elle n'a plus besoin d'un fauteuil roulant pour se déplacer. Martyre de Camille qui dans l'adversité se dépasse, affronte cette épreuve avec le calme de la philosophe. Elle monte avec sa perfusion en déambulatoire voir Gaston, s'installe dans un fauteuil beigeasse en skaï.

Dans le service de pédiatrie néonatale nous sommes hors du temps, dans la contemplation de notre enfant qui dort, qui ne ressemble pas encore à un bébé, et celle du scope, l'écran de contrôle qui indique la fréquence cardiaque, la fréquence respiratoire et le volume d'oxygène dans le sang. Nous restons dans ce temps suspendu avec lui, regardons le journal des infirmières où sont notées toutes les évaluations, les réactions de Gaston. Nous revenons ensuite dans la chambre de Camille. La fin d'après-midi et le début de soirée sont rythmés par la visite des infirmières, des aides-soignantes, de mon frère, de ma belle-sœur, de la famille, parfois de la psychologue, qui a notre âge. Elle écoute, réoriente, précise, nous remet en selle.

— Comment font les autres ? dis-je.

— Ça dépend, répond-elle avec douceur. Il y en a qui s'adonnent à fond au sport.

Dois-je lui dire que je passe déjà mon temps à courir ? Après son départ, je prends les affaires de Camille, lui demande ce dont elle a besoin pour le lendemain. « Rentre », me souffle-t-elle en ayant

66

encore la force de prendre soin de moi, soucieuse que je n'arrive pas trop tard à la maison. Je l'embrasse sur le front.

C'est une route de printemps. Les journées sont belles et de plus en plus longues. Une fois quitté Rouen, je laisse le pavillon de Flaubert à Croisset, cette fois à gauche. Je vais retrouver Martin et Jules. Je regarde dans le rétroviseur. Il en manquera toujours un. Je roule. Embranchement de l'autoroute vers Dieppe : Malaunay, Saint-Martin-en-Campagne, Tôtes, Auffay, Longueville, Saint-Aubin, Offranville, Varengeville, Sainte-Marguerite-sur-Mer.

Je dîne avec mes deux fils. Je leur donne des nouvelles rassurantes de leur maman, de leur petit frère. Au moment du coucher, l'aîné ravale ses larmes en me posant des questions. Le cadet veut savoir où est Arthur : « Dis Papa, Arthur, il est mort ? » Pourquoi les hommes veulent-ils nier l'évidence de la mort ? Pourquoi protégeons-nous nos enfants en les aveuglant ? Ils n'ont rien su de l'incinération. Et ne savent pas que les cendres de leur petit frère sont à la maison, dans mon bureau, près de moi.

Je reçois une lettre de mon ami Marc Braz, le commandant de la frégate à bord de laquelle nous nous trouvions quelques semaines plus tôt, en route vers l'Irlande. Il nous enveloppe tous, Camille, les deux aînés, Gaston, Arthur. Une lettre épurée comme une étrave de bateau fendant l'Atlantique Nord, fervente comme une suite de Bach pour violoncelle. « Je pense à Arthur. Ce petit garçon qui vous a quittés si vite, et qui de la vie aura seulement connu la plénitude de l'amour de sa mère. Et un début de complicité avec son frère, six mois de proximité, dont Gaston gardera sûrement une mémoire inconsciente mais forte. Où sont les sens, et surtout la valeur, de notre vie ? Dans sa durée ou dans sa pureté ? Dans l'amour dont nous sommes faits et que nous avons suscité, ou dans nos œuvres bien souvent futiles et toujours éphémères ? »

En homme de foi, il pointe la figure de l'enfant absent qu'il faut, selon lui, rendre incroyablement présent. Nous vivons, en effet, avec nos morts.

Le soir, les enfants couchés, je regarde à la télévision des images de la campagne pour les élections législatives. À la naissance de notre fils aîné l'Otan bombardait la Serbie. Camille en était terrifiée. Avant de me coucher, il y a le dernier appel téléphonique au service de soins intensifs, que l'on peut joindre vingt-quatre heures sur vingt-quatre, et l'échange avec l'infirmière qui s'occupe de Gaston. J'entends les alarmes orange, rouges des scopes qui se répondent dans la nuit comme des phares le long de la côte, en me demandant si elles concernent Gaston. Toujours la même question : Gaston a-t-il désaturé ? A-t-il oublié de respirer ? Mais nous l'avons quitté, sa mère et moi, il y a quelques heures et si nous sommes partis c'est qu'il dormait sereinement, sans à-coups. Cette voix dans la nuit de l'infirmière. C'est la gardienne des mânes. Je lis quelques pages de la Bible ou de saint Augustin, seules lectures recevables en ce moment. Sinon je suis incapable de me concentrer. Je dors avec mon téléphone portable, cette arme qui a fini par se retourner contre moi.

Le coup de fil le plus éprouvant est celui du matin au réveil, entre 6 et 7 heures. A-t-il passé le cap de la nuit si long, si effrayant ? C'est comme si on sortait d'un trou noir. L'angoisse quand je dois attendre l'infirmière qu'une collègue qui a décroché va chercher. Que va-t-elle me dire ? Vivant ? Mort ?

Dans la matinée, entre 9 et 10 heures, je dérive dans le couloir des soins intensifs, regarde à travers la paroi vitrée s'il est bien dans son isolette, sa capsule en plastique. Quand je suis à côté de lui, je glisse ma main à travers le hublot, lui parle, et la première chose que je fais est de passer le doigt (la main serait trop lourde) sur son épaule. Son corps est violet, palpitant. L'infirmière le change ou lui fait sa toilette puis me le donne une fois que je suis installé dans le grand fauteuil de skaï. Il reste relié à tous ses fils électriques, à ses perfusions. Mais nous parvenons à être l'un contre l'autre, peau à peau. Il est d'une incroyable légèreté. Cela s'appelle le « nursing » et cette technique scandinave n'existait pas il y a quelques années dans les services de néonatalogie, où les enfants étaient exclusivement entre les mains des soignants.

Gaston évolue entre plusieurs mondes. Arthur, lui, est l'enfant des limbes. C'est un mot d'ailleurs jamais employé dans la Bible. « On inventera pour les enfants le palliatif des limbes, un petit enfer plus doux où ils flotteraient toujours, loin de leurs mères, en pleurant. » Camille m'a demandé alors qu'elle est toujours alitée, à l'hôpital, de lui trouver *L'enfant des limbes* de J.-B. Pontalis. Les limbes, cette lisière, cette frange. L'un des premiers titres de poésie que j'ai acheté, adolescent, c'est *L'ombilic des limbes* d'Antonin Artaud. Je me souviens très bien de ce volume de la collection Poésie/Gallimard avec en couverture sa guirlande jaune de photos.

Un mois avant la naissance de Gaston, la commission théologique internationale confirme que les limbes n'existent plus. Le no man's land où errent les enfants non baptisés est fermé. Désormais Arthur a le droit au salut. L'invisible ne peut disparaître. Mais l'errance, le voyage, si ! L'État pontifical veut apporter une réponse aux plus brûlantes questions métaphysiques. Pas de zone échappant à la raison, ouverte à la folie. Il faut des limites, celles peut-être que je n'ai pas vues et qui m'ont fait verser sur le bas-côté. *Border line*. Les limbes sont-ils un état non reconnu, barbare ? La littérature est-elle monstrueuse ou embellit-elle l'insoutenable réalité ?

Ce service de néonatalité, c'est aussi les limbes. Un lieu qui n'est ni la vie ni la mort. Mais un sas où tout peut basculer. Les limbes, c'est peut-être une forêt où errent des Wilis ?

En novembre 2000, je suis allé à Helsinki interviewer Sylvie Guillem, la danseuse étoile française. Elle mettait en scène *Giselle* d'Adam, un ballet inspiré par Heine. « Les Wilis, écrit-il, sont des fiancées qui sont mortes avant le jour des noces. Les pauvres jeunes créatures ne peuvent demeurer tranquilles dans leur tombeau. Dans leurs cœurs éteints, dans leurs pieds morts, est resté cet amour de la danse qu'elles n'ont pu satisfaire durant leur vie ; et, à minuit, elles se lèvent, se rassemblent en troupes sur la grande route, et malheur au jeune homme qui les rencontre ! Elles l'enlacent avec un désir effréné et il danse avec elles jusqu'à ce qu'il tombe mort. »

Pour exprimer cette force de la conquête de la mort, Sylvie Guillem avait mis toute sa vitalité. Elle était à la fois impressionnante dans son art de la mise en scène, impérieuse dans ses conseils et sa façon de réveiller ses danseurs et ses danseuses. Je me souviendrai longtemps de sa cambrure sur scène. Cette manière de parler au chef d'orchestre, « Maestro », en lui commandant d'ouvrir le feu de ses musiciens. L'intelligence de ses yeux gris quand elle me parlait de sa solitude dans les chambres d'hôtel après le spectacle, de sa lecture de Zweig. Sylvie Guillem est une fille du feu. Mais est-ce avec le feu que l'on construit une vie raisonnable ? Je me laisse envoûter par la musique d'Adam, très XIXe, avec ses envolées, ses valses un peu boursouflées. Une gaieté qui vient surplomber la mort blême, ces Wilis diaphanes. Il n'y a que la danse, la joie pour les tromper. Dans ce ballet des morceaux enjoués corrigent des scènes lugubres. On y vit sur des pointes et l'amour y est une mythologie. Les Wilis sont des créatures voilées d'un halo de lumière.

Camille est rentrée enfin à la maison au bout de dix jours d'hospitalisation au CHU de Rouen. Dans un état de grande fatigue. Chaque jour, nous apportons à Gaston de petits biberons de lait maternel. Je pars pour Rouen en voiture avec un sac isotherme. Je roule à fond. Je téléphone au volant. Je grille les feux rouges. Je me fais arrêter par les motards de la police. Je suis à cran. « Vous voulez rejoindre votre fils aux urgences ? » me lance le policier. Il se montre plutôt compréhensif. S'il savait qu'au fond de moi je voudrais être non seulement à la place de Gaston mais avec les cendres d'Arthur, mêlés à jamais. Je choisirais cela contre une vie derrière les barreaux.

VII

Camille me donne pour Gaston un mouchoir imprégné du parfum de sa peau. Ce matin, un mercredi, il a quinze jours. Nous sommes le 13 juin. La fête de saint Antoine de Padoue. Le patron de la ville de Lisbonne. Avant mon mariage, j'étais souvent à Lisbonne à cette période de l'année. J'imaginais que j'allais vivre au Portugal, que la vie serait légère, bleue, atlantique, mélancolique sans excès.

Au téléphone l'infirmière m'a dit que Gaston avait désaturé pendant la nuit. Mais une fois à l'hôpital je comprends la gravité de la situation : la mauvaise pente. L'infirmière qui s'occupe de Gaston a les cheveux frisés, de belles rondeurs. Elle est d'une fraîcheur pétillante. Sur son visage, je perçois une tension que je ne lui avais jamais vue. Je consulte le journal de soins. 1 h 30 : ralentissement cardiaque (RC) à 72 avec désaturation. Il a désaturé pendant la nuit toutes les vingt ou trente minutes. À 6 heures, saturation à 62 après une apnée. Peu après mon arrivée, il plonge à 45 et c'est la première fois qu'il descend aussi bas. Ce jour-là Gaston est dans une chambre isolée un peu à l'écart de la grande salle. Il y a soudain une atmosphère de gravité. L'infirmière lui parle, le stimule : « Allez, chouchou, remonte ! »

Je me dis que mon fils va sombrer. Depuis une semaine, Gaston s'est pourtant montré remarquablement stable. Et maintenant, je pressens la dégringolade. Je reste près de lui, les yeux sur le scope. 10 h 55 : saturation à 71. Alarme rouge, j'appelle l'infirmière. 11 h 05 : saturation à 70. 11 h 10 : saturation à 62. Apnée. Saturation à 55. Changement de teint, cette caresse de la mort. Les désaturations se rapprochent. Le visage si souriant de la jolie infirmière se ferme. Je prie intérieurement. 12 h : désaturation. 12 h 56 : apnée, désaturation. L'apnée est une descente profonde, un gouffre d'où l'enfant ne peut pas remonter en l'absence d'oxygène ou d'impulsions physiques sur son corps. Nous sommes devant un mur. Je demande qu'on fasse venir le médecin : l'interne de réanimation est appelée. C'est une femme jeune que je croise souvent dans le service, surtout le week-end. Elle ausculte Gaston rapidement, recourt au bon vieux stéthoscope. O.K., le transfert en « réa » est décidé. Une isolette de transport, sorte d'immense caisson de plongée, est apportée. Une infirmière de réanimation arrive. Gaston est porté de son isolette à l'autre avec d'infinies précautions. « Déscopé. » « Rescopé. » Je lui parle. Je le soutiens. Il ouvre un œil. Je le caresse. Il me saisit l'auriculaire comme s'il comprenait la gravité du moment et me disait : « Papa, j'essaie mais je n'y arrive pas. » Je songe qu'il va peut-être mourir. Et sa maman qui n'est pas là.

Retour au service de réanimation. Nous reculons de trois cases. Gaston est installé dans une chambre qui jouxte celle qu'il avait lors de ses premiers jours de vie. L'infirmière qui s'occupe de lui est grande, énergique, encore jeune. Elle a les cheveux blonds, longs. On l'imaginerait parfaitement à la guerre ; en Rochambelle par exemple. Je suis au fond du trou et elle se montre rassurante, carrée. En sortant, je téléphone à Camille, la préviens du transfert et tente de la rassurer au mieux. Camille reste toujours calme, silencieuse, dans le chagrin. Dans notre couple, c'est moi l'hystérique, capable de crier ma douleur à tous les vents. Mais devant Gaston, nous n'avons d'autre choix que le recueillement. Puis je préviens mon frère et ma belle-sœur car une recherche en bactériologie, domaine dont elle s'occupe, va être lancée pour dépister une éventuelle infection.

Les premiers jours, j'éprouvais des difficultés à appeler Gaston par son prénom. Le nommer c'était lui donner sa pleine identité d'enfant. J'ai essayé de m'insensibiliser, de me montrer d'un détachement clinique (il peut mourir à tout instant) mais le lien a été flamboyant dans le décor froid, carrelé de l'hôpital.

En vingt-quatre heures, au service réanimation, où à chaque instant tout peut basculer dans le chagrin et le désarroi, Gaston est stabilisé. « Il va être redescendu en bleu » dans l'après-midi. Je comprends alors le sens des paroles du professeur Vincent Laudenbach le premier jour où il m'a accueilli en réanimation : les prématurés avancent par cycles.

Ils grimpent une montagne et s'effondrent de fatigue dans une crevasse. Croissance. Crise. Appréhender les journées comme des vies entières avec leur moisson de bons signes, écarter les mauvaises nouvelles. J'imagine que ça devait être cela, la guerre. Chaque jour passé est une victoire contre la mort. À la guerre on risque sa vie en pensant à ses enfants. Ici c'est notre enfant qui est à la guerre.

Un week-end, nous emmenons nos deux aînés — nous disons « aînés » depuis la naissance de Gaston — voir leur petit frère à l'hôpital. On fait mieux comme visite, le dimanche. Mais le plus triste c'est le bâtiment de pédiatrie, derrière le pavillon Mère et Enfant. Certains petits patients sont atteints de maladies incurables, de leucémies. Étonnamment, les prématurés comme Gaston n'ont pas totalement éclos mais ne sont pas malades — même s'ils peuvent être foudroyés par des infections — et pas encore de plain-pied dans le monde des enfants.

Ce dimanche après-midi, Martin et Jules voient leur petit frère pour la première fois. Dans les grandes blouses à rayures vertes et blanches, ils ressemblent à des enfants jouant au docteur. Sur les photos prises à l'époque de cette rencontre, ils ont le regard perdu. Sur la route, ils se sont montrés joyeux, impatients de le voir. Jules, le cadet, ne sait trop comment le considérer : « C'est un bébé ou pas un bébé ? » Martin, l'aîné, nourrit une inquiétude de père. Cette fois, ils ont perdu leur innocence. Et j'ai l'impression que je les ai chassés du paradis terrestre. Jules nous interroge sans cesse sur Arthur :

« Est-il né ? Où est-il ? » Martin nous a aussi demandé : « Gaston, il va mourir ? » L'aîné est tourné vers le frère vivant et le cadet vers le mort.

À la maison on essaie de sauvegarder les fondamentaux, de maintenir un certain niveau de bonne humeur. J'ai remisé les livres sur les jumeaux sous l'escalier ! À l'hôpital, Camille m'avait dit qu'elle redoutait de revoir cette petite bibliothèque qu'elle s'était confectionnée. Pendant toute sa grossesse, je n'ai pas ouvert un seul de ces titres. Maintenant j'ai presque envie de le faire pour découvrir ce que j'ai vraiment perdu. À l'inverse Camille, qui lors de ses précédentes grossesses ne s'était appuyée sur aucun livre de conseils aux futures mamans, a soigneusement préparé l'arrivée de nos deux derniers enfants.

Dans cette perspective, nous avions aussi prévu de nous faire aider d'une jeune fille au pair. L'accouchement prématuré, la mort d'Arthur ne modifient pas sa venue. Nous l'avions recrutée par l'intermédiaire d'un ami qui vivait à Bratislava. Sabina est donc slovaque. Un soir de juin, je suis allée la chercher à l'aéroport d'Orly. Je me revois l'attendre dans le hall des arrivées et téléphoner à une journaliste pour lui parler d'un livre paru peu après la naissance de Gaston. C'était un roman sur les elfes. Arthur et Gaston sont-ils des elfes ? ai-je pensé.

Sabina a dix-neuf ans. Elle paraît beaucoup plus jeune. Une frange de cheveux barre son front. Un corps droit. Sabina aime la mode, les voitures neuves et les vêtements de marque. À l'heure de la mondialisation, elle apporte à notre maison en Normandie un courant d'est. Post-nabokovienne, elle est comme un brin d'herbe jouant dans le jardin avec nos deux aînés. Elle oscille entre deux âges. Sabina ne comprend pas que je roule dans une voiture vieille de vingt ans. Son père possède le dernier modèle Audi. Elle en a fait le fond d'écran de son ordinateur. Et elle-même roule dans une petite Opel flambant neuve. Elle s'installe dans la chambre d'ami au-dessus de mon bureau, dans la dépendance. Elle nous accompagnera parfois à l'hôpital pour voir Gaston. Mais la plupart du temps reste à la maison à s'occuper des enfants ou à surfer sur Internet.

Un service de néonatalité est un huis clos avec au premier rang les prématurés alignés les uns à côté des autres dans leur capsule de plastique. Il y a bien sûr les infirmières, ces mères de transition avec qui nous sommes dans le partage, la fusion silencieuse. Elles se montrent très souriantes, pleines de vie. Quelle est leur vie à la sortie du service ? Quelle est leur histoire ? Et puis il y a les parents des autres enfants. On se croise dans le sas où l'on dépose nos affaires. On prend des nouvelles de leur fils ou de leur fille en l'appelant par son prénom. Il y a des parents d'un seul enfant et ceux de jumeaux dont les deux sont vivants ou l'un mort et l'autre dans le combat. Nous sommes curieux de tirer le rideau de scène non par voyeurisme mais parce que le malheur pourrait nous rétrécir, nous replier sur notre fils. Au contraire nous avons envie de nous tendre la main comme à l'église. Nous croisons et parlons avec des mères d'origines algérienne, marocaine, un

père russe, mais la plupart des parents sont normands puisque le CHU accueille toutes les naissances difficiles de Haute-Normandie. Ils ont une
trentaine d'années, la décennie où l'on a peut-être
le moins de soucis dans la vie, où l'on construit une
vie de famille avant de traverser des tempêtes. Leurs
enfants prématurés ont souvent trente ou trente-
deux semaines à la naissance. À sept mois et quinze
jours, ils sont sortis d'affaire. Au-delà de trente-
deux semaines, ils ressemblent à des bébés comme
les autres. Des corps de bébé. Des visages de bébé.
Des yeux qui s'ouvrent. Gaston est le plus jeune de
sa promotion, il est né à vingt-six semaines et demie
de gestation. En deçà de vingt-cinq semaines, les
enfants ne sont pas réanimés. Nous trouvons du
réconfort à parler avec les autres parents mais au
fond de nous n'avons qu'une hâte, nous retrouver
avec Gaston, lui prodiguer de la tendresse, faire
aussi provision d'images sereines. Sommes-nous
dans l'horreur ou dans la beauté de la vie ?

« Je n'ai jamais vu un enfant sans penser qu'il
deviendrait vieillard ni un berceau sans songer à
une tombe », écrivait Flaubert à Louise Colet. Cette
phrase, je me la suis souvent répétée à un âge où je
n'étais pas encore père. Elle m'a hanté. Et ce n'est
plus un fantasme, un mot d'auteur. Désormais, elle
s'incarne terriblement. Flaubert et la paternité, lui,
« le père éternel », Zeus sur son Olympe entouré
de ses divinités. Car Flaubert est un homme entouré.
Lui qui voulait acquérir un tableau représentant un
ours et y inscrire : « Portrait de Gustave Flaubert »
prodiguait conseils à ses maîtresses, ses amis et se

montrait généreux dans son affection. Pourquoi cette philosophie de l'ours dans la tanière ? « Ma pauvre vie si plate et tranquille, où les phrases sont des aventures et où je ne recueille d'autres fleurs que des métaphores. »

Son refus intangible de la paternité. Quelle en est la raison ? L'hypersensibilité ? La maladie des nerfs ? L'égoïsme du créateur qui se voue à ses livres et à sa correspondance ? L'éclair de l'art, cette dévoration, le refus de l'embourgeoisement, du cocon familial ? Ah, la famille ! Il l'aimait pourtant au point de rester accroché à son rocher de Croisset. N'est-elle pas un paravent qui lui épargne le contact avec le reste du monde ? Ce vieux garçon aime trop ses habitudes, sa bibliothèque, ses pipes, son confort pour jouer les romantiques. Bourgeois certes mais refusant d'accorder des gages supplémentaires à la bourgeoisie. Il n'aime pas assez la vie pour la donner à son tour et surtout des enfants risquent de saccager son travail. Flaubert n'est pas un religieux même s'il y a du moine jouisseur chez lui : la solitude, l'extase. C'est un mystique de l'art qui décide de tout donner au style avec une exigence rationaliste. « L'art doit s'élever au-dessus des affections personnelles et des susceptibilités nerveuses. Il est temps de lui donner par une méthode impitoyable la précision des sciences physiques ! La difficulté capitale, pour moi, n'en reste pas moins le style, la forme, le Beau indéfinissable *résultant de la conception même* et qui est la splendeur du Vrai, comme disait Platon. »

VIII

On croise beaucoup d'enfants dans les romans de Flaubert (la fille de Mme Arnoux, le fils de Rosanette dans *L'éducation sentimentale*, la fille d'Emma Bovary, les enfants sacrifiés dans *Salammbô* ; le sujet d'*Un cœur simple* n'est-il pas l'esprit d'enfance ?). Il se veut pionnier dans sa conception de l'art. Donc pas de concession. Il s'agit de ne pas se faire déposséder. Ce créateur est le père de ses personnages. La peur de l'attachement, des contraintes de la paternité, un scepticisme radical face à la vie font de Flaubert un père biologique stérilisé. Ses enfants sont choisis, élus, comme sa nièce Caroline, ou Guy de Maupassant. L'attachement du sang, il s'en fout. Flaubert est pourtant dans l'empathie familiale. Il aime ses amis comme des fils. C'est un glouton : il les avale, pratique le sang mêlé d'élection. Un chef de tribu africain. Nièces, amis, relations, il les enrobe d'un seul mouvement. C'est d'ailleurs le rôle de la correspondance conçue comme une gigantesque toile à tisser, un tamis à travers lequel passent ses sentiments. « Nous avons tant de souvenirs communs, notre vie a été si mêlée pendant longtemps, que nos cœurs doivent encore battre à l'unisson dans de certains jours », écrit-il à son ami d'enfance Ernest Chevalier, qui vient de perdre sa mère.

Pour Flaubert, la famille est un socle. Elle lui donne des affres si elle tombe malade : « On a mis un vésicatoire à ta grand-mère, écrit-il à sa nièce Caroline. Tout est grave à soixante-douze ans. »

Flaubert a une sociabilité développée surtout quand il se trouve à Paris et séjourne dans son appartement, au 42, boulevard du Temple. À Ernest Chevalier, toujours : « Je n'habite la capitale qu'à partir de la fin de janvier jusqu'à la fin de mai. » Il se retire ensuite le plus souvent sur ses terres. Il laboure. Il entre en solitude. À Paris, c'est, selon son expression, sa « saison mondaine ». À Jules Duplan, il lance, à la fin d'un séjour parisien : « Je m'en retourne dans mon trou où je vais tâcher de piocher. » Mais Croisset n'est pas une roche Tarpéienne, un antre inaccessible. Au contraire, Flaubert reçoit ses amis, des écrivains, Du Camp, Tourgueniev, Maupassant, Bouilhet, Sand, les Goncourt mais aussi de simples relations. À Charles Lambert, il écrit : « Si vous passez par Rouen, cet été, rappelez-vous que Croisset est à un quart d'heure de ladite ville, et que vous y serez reçu avec ivresse. »

À Croisset, Flaubert entre en scène. On vient voir l'incarnation de la littérature. Mais aussi un bon camarade faisant bonne chère. Un déjeuner, une promenade où Flaubert sait parler des fleurs. Il reçoit un ami, en fait partir un autre. Il y a en lui du chef de gare. Il connaît tous les horaires de trains entre

Rouen et Paris. La maison n'est pas celle d'un ermite. Elle frémit de vie. Il y a Mme Flaubert, la cuisinière, la bonne, chacun dans son rôle. On croise même des enfants à Croisset : les nièces de Gustave, Caroline, l'élue, la préférée, mais aussi Juliette, la fille de son frère née en 1840 et morte en 1927, à quatre-vingt-sept ans, une exceptionnelle longévité pour l'époque.

Caroline, sa nièce, fille de Caroline, la sœur morte des suites de son accouchement, est l'enfant de substitution. À Louise Colet, qui veut un enfant de Gustave, il écrit : « J'ai le cœur *humain*, et si je ne veux pas d'enfant *à* moi, c'est que je sens que je l'aurai trop *paternel*. J'aime ma petite nièce comme si elle était ma fille, et je m'en occupe assez *(activement)* pour prouver que ce ne sont point des phrases. » Les mots soulignés prouvent combien il craignait d'être jugé comme un cœur de pierre, un homme ayant quitté la communauté des hommes. Se protéger, voilà l'obsession de Flaubert. Et les pierres, il les posera dans ses romans emmurés où l'air passe parfois si difficilement. Sa nièce Caroline, c'est après tout son sang. Même quand elle sera adulte, il continuera à jouer avec elle.

Lettre du 28 septembre 1866 :

Mon Bibi,
Je suis HHHHINDIGNÉ !!! contre toi !
Comment, le jour où ton oiseau va à Dieppe, tu ne viens pas déjeuner chez ton Vieux ?
Lui, bon oncle pourtant. Lui bon nègre. Lui aimer

petite nièce. Mais petite nièce oublier lui. Elle pas
gentille ! Elle cacatte. Lui presque pleurer !
Lui faire bécots, tout de même.

L'oiseau, c'est le premier mari de Caroline, Ernest Commanville, négociant en bois qu'il ne portera jamais dans son cœur. Et de conclure : « Achète-moi des joujoux pour Ernest et pour Jenny. Je me fie à ton goût *artistique* » — Flaubert évoque cette fois les deux enfants de Julie, la fille de son frère.

L'entourage familial de ses nièces est d'ailleurs marqué par un terrible *fatum*. Caroline fait mourir sa mère en naissant. Quelle culpabilité ! Ernest Commanville, son mari, finit ruiné par dépôt de bilan de sa scierie, quai du Havre à Dieppe. Le drame s'abat aussi sur la maison de Juliette, l'autre nièce, qui habite Ouville-la-Rivière, près de Dieppe. L'« atroce événement », selon l'expression de Flaubert, s'est déroulé à la fin du mois de juillet 1865. « Le gendre de mon frère, écrit-il à la princesse Mathilde, un garçon de trente-quatre ans, hypocondriaque depuis six semaines et devenu fou subitement, s'est brûlé la cervelle avec son fusil, dans son cabinet de toilette, à deux pas de sa femme, et de son enfant. Telle est l'histoire vraie et *secrète*. Je vous épargne d'horribles détails. »

Suicide d'été dans la lumière blanche symétrique au suicide de Noël et des ténèbres. Drames de saisons qui foudroient les familles et dont elles conserveront la trace. Ces fameux « cadavres dans le placard ». L'impossibilité de vivre, l'image de soi qui étrangle. Étouffement. Coup de fusil. Délivrance.

Hypocondriaque depuis six semaines, affirme Flaubert qui n'a rien écrit sur l'hypocondrie dans le *Dictionnaire des idées reçues*. Et pour cause, il la prend trop au sérieux. Qu'est-ce que l'hypocondrie au XIXᵉ siècle ? Une névrose, une mélancolie, la conviction que la mort fantasmée est en soi. Le XIXᵉ siècle est un siècle hypocondriaque. C'est une manifestation de l'hystérie. Flaubert n'hésite pas à raconter ses maladies, le nombre de ses clous. « Qu'ai-je au juste ? écrit-il, toujours à la princesse Mathilde. Voilà le problème. Ce qu'il y a de sûr c'est que je deviens hypocondriaque. Ma pauvre cervelle est fatiguée. On me dit de me distraire. Mais à quoi ? »

L'hypocondrie est aiguisée par la solitude, les difficultés au travail. C'est une crise d'énergie. Une rupture de force. Une dégringolade. La manifestation d'un épisode dépressif. C'est le revers de l'appétit, de l'appétence et d'une montée trop rapide vers le soleil.

Au sujet du suicide d'Adolphe Roquigny : « Cela s'est passé près de Dieppe. Je n'en suis revenu que hier au soir après avoir vécu deux jours dans les scènes les plus funèbres, au milieu des femmes en pleurs, entouré de cris et de désespoir. Pendant ce temps-là le soleil brillait. Les cygnes jouaient sur la pièce d'eau et il y avait dans le ciel des nuages roses, charmants. »

Ce contraste, cette diffraction entre le fracas personnel et la perception du bonheur environnant, caractérise notre état quand nous subissons de plein fouet une catastrophe.

Une mort au plus près de soi et on s'étonne que la vie continue. On est symboliquement crucifié mais le monde prolonge sa folle course dans l'insouciance. Cette insoutenable sensation, je l'ai ressentie au café La Caravelle, près de la gare Saint-Lazare, devant la fébrilité des joueurs de keno et celle du tenancier chinois encaissant l'argent alors que je sentais le drame poindre — il avait déjà commencé à nous envelopper — comme l'aube bientôt là. Elle m'a dévasté une nouvelle fois quand dans le couloir du train j'ai appris la naissance du premier jumeau, son transfert par le Samu vers Rouen et la mort du second. Je ne pouvais hurler ma douleur et cette impossibilité, cette normalisation du train étaient ce qu'il y avait de plus insupportable.

C'est de cette sensation que me parle le docteur Leiris, le gynécologue de Camille. Il n'a pas été appelé la nuit du drame par la sage-femme parce qu'il n'était pas de garde. Il se montre accablé. Et implicitement il pense qu'en sa présence les événements eussent pris une tournure différente. Il me reçoit dans son petit cabinet, essaie de trouver les mots pour me réconforter. Il évoque cette impression de l'absurde qui doit m'écraser, cette incompréhension du bonheur des autres. Je sais qu'il a vécu un drame, qu'il a eu un enfant handicapé, qu'il a divorcé, quitté le sud de la France pour revenir au nord. Je ressens de la sympathie pour lui. Il n'a pas la dégaine classique du médecin. C'est un *biker* qui se déplace en Harley Davidson, blouson de cuir et cheveux longs, mais son geste médical est très sûr. Il a été formé à l'hôpital de Rouen et je perçois qu'il a un certain mépris pour l'encadrement médical de la clinique.

Dans les couloirs du CHU de Rouen, je croise de jeunes femmes enceintes, épanouies. Camille et moi n'appartenons plus à ce monde-là. Nous avons basculé. Moi qui suis un hypocondriaque et qui me lève chaque matin en pensant à la mort, je l'ai provoquée à force de l'évoquer, de la redouter. Elle a fini par déferler sur nous au moment où nous l'attendions le moins. C'est le propre des catastrophes.

D'où est née cette hypocondrie chez Flaubert ? Il parle souvent de son corps parce qu'il vivait de plain-pied avec les morts de sa famille (sa sœur, Alfred Le Poittevin, son père, sa mère) mais aussi parce qu'il fut le portier des morts de l'hôpital : « L'amphi-théâtre de l'Hôtel-Dieu donnait sur notre jardin. Que de fois avec ma sœur, n'avons-nous pas grimpé au treillage et, suspendus entre la vigne, regardé curieu-sement les cadavres étalés. Le soleil donnait dessus. Les mêmes mouches qui voltigeaient sur nous et sur les fleurs allaient s'abattre là, revenaient, bourdon-naient. »

Même superposition du soleil et de la mort qu'il retrouvera à Ouville lors du suicide de son neveu Roquigny. Flaubert et le rapport au corps. Il n'aurait pas aimé cette expression psycho-analytique. Il tente par tous les moyens d'échapper à sa triste condition. Le corps du solitaire est beaucoup trop lourd, au point qu'il se déforme : « Je me suis foutu une bosse », aime-t-il répéter pour souligner qu'il tra-vaille comme un dromadaire. Flaubert est dans sa correspondance un écrivain physique du cri, de la douleur, de l'hystérie. George Sand lui suggère souvent de faire de l'exercice. Jeune, il a une approche à la fois rabelaisienne et sadienne du corps. Le grotesque, le pet, l'éjaculation, la sodomie. Dans ses romans, en revanche, il écrit au plus près du corps mais sans se lâcher. Le cilice c'est-à-dire la plume s'enfonce dans son ventre. D'où la nécessité de s'abandonner à sa correspondance la nuit venue, une fois le labeur de la journée achevé.

« Lorsque je fis sa connaissance, écrit Maxime Du Camp, Flaubert avait vingt et un ans. Il était d'une beauté héroïque. Ceux qui ne l'ont connu que dans ses dernières années, alourdi, chauve, grisonnant, la paupière pesante et le teint couperosé, ne peuvent se figurer ce qu'il était au moment où nous allions nous lier l'un à l'autre par une indestructible amitié. Avec sa peau blanche légèrement rosée sur les joues, ses longs cheveux fins et flottants, sa haute stature large des épaules, sa barbe abondante et d'un blond doré, ses yeux énormes, couleur vert de mer, abrités sous des sourcils noirs avec sa voix retentissante comme un son de trompette, ses gestes excessifs et son rire éclatant il ressemblait aux jeunes chefs gaulois qui luttèrent contre les armées romaines. »

Ce corps de fer devint au fil des années plus lourd, tel un mollusque fixé au rocher de Croisset, avec ses clous et ses coliques, qu'il qualifie justement auprès de la princesse Mathilde d'« indisposition grotesque ». Ces maux l'empêchent d'être un homme sociable. Il y a une allégresse chez Flaubert quand il parle du corps. Fut-il pour autant hypocondriaque comme il le prétend ? Sans doute. Son neveu Adolphe Roquigny, lui, en mourut. Avant les travaux des aliénistes français, Fulret et Legrand du Saulle, le champ nosographique des névroses se partageait entre trois entités protéiformes : la neurasthénie, l'hystérie et l'hypocondrie. Il demeure néanmoins étonnant que Flaubert évoque en mai 1865 à la princesse Mathilde son hypocondrie pour en reparler en août au sujet du mari de Juliette, « hypocondriaque depuis six semaines et devenu fou subitement ».

Ouville et Dieppe sont des lieux assez peu exploités du théâtre flaubertien. Pour la critique, Flaubert est l'ermite de Croisset, le voyageur en Orient, le passager de Paris. Ouville se situe à 5 kilomètres derrière ma maison. J'y passe au moins une fois par semaine mais je n'avais jamais associé cette bourgade à Flaubert. Il m'a fallu relire sa correspondance pour qu'il prenne pied dans ce village, que l'on remarque à peine sur la route départementale.

Le Castel fleuri se trouve sur le bord de la route d'Offranville. En contrebas de l'église et de son cimetière, à mi-chemin du fief protestant de Luneray et du port catholique de Dieppe. En 1863, le château était la propriété de Thomas-Nicolas Roquigny, qui le transmit à son fils, Ernest-Adolphe, le futur mari de Juliette Flaubert.

François Masselin, le propriétaire, me reçoit dans son bureau. Aux murs, des boiseries, des livres qui mettent à l'abri du vent et des hivers. C'est son père, Jacques, qui a acheté la propriété à Hubert Roquigny, le petit-fils du suicidé.

Hubert Roquigny était déclaré comme rentier mais il semble totalement ruiné lors de la vente de la maison à Jacques Masselin. Chose étonnante, Hubert Roquigny pratiquait la boxe française sous le nom de Roc. François Masselin ignorait le suicide d'Ernest-Adolphe, que tout le monde chez les Flaubert appelait Adolphe. Au début du XIXe, les Roquigny étaient riches. En un siècle ils ont été ruinés comme bon nombre de rentiers. Flaubert a pu se consacrer à son art et l'ériger en absolu parce qu'il était propriétaire de fermes. Ces Roquigny ont joué un rôle non négligeable dans la vie de Flaubert. Toutes les branches rapportées à l'arbre — le chêne Flaubert — font de sa part l'objet d'enquêtes minutieuses, particulièrement les maris de ses nièces. Il se montre très sourcilleux dès que l'honneur du nom est engagé. Lors du procès contre *Madame Bovary*, il appelle son frère, gardien des mœurs bourgeoises, à la rescousse.

Concernant Juliette, avant son mariage avec Adolphe, il se renseigne auprès de Louis Bouilhet qui comme le futur élu est originaire de Cany-Barville. Et, ô surprise, Louis a été le précepteur des enfants Roquigny, Adolphe et Édouard-Anatole. Ce dernier est d'ailleurs présent au château le jour du drame.

C'est à l'une de ses amies les plus proches mais aussi les plus mondaines, la princesse Mathilde, que Flaubert raconte l'événement en livrant ses propres sentiments. « Telle est l'histoire vraie et *secrète* », écrit-il en soulignant le dernier mot. Voici ce que pourrait être la définition du roman. Mais il nous frustre en ajoutant : « Je vous épargne d'horribles détails. » On imagine la tête explosée par la chevrotine, les morceaux de cervelle. Il a été déclaré sur l'acte d'état civil qu'Adolphe était mort à 5 heures du matin, cette heure juste avant l'aube où tout souffle semble retenu avant l'implosion. L'implosion intérieure d'un être qui veut en finir.

On imagine bien Ouville comme poste de garde de la vallée de la Sâane, une de ces rivières qui creusent les valleuses du pays de Caux. Voici les pièces d'eau, immuables, toujours là, splendides comme les piscines d'Angkor. « 200 mètres de long et 50 de large, me dit le propriétaire, François Masselin. Mais les cygnes sont partis, à ma grande tristesse. Ils sont peut-être à Gueures. » Gueures, village situé derrière Ouville, où se déroule en partie *Arsène Lupin et la comtesse de Cagliostro* et où enfant mes grands-parents m'emmenaient voir leurs cousins agriculteurs qui possédaient un immense billard et roulaient en Panhard-Levassor.

Des propriétaires terriens, des rentiers, comme Roquigny, j'en ai connu dans mon enfance quand mon grand-père paternel m'emmenait chasser avec tous ces culs-terreux sympathiques. Je garde le souvenir d'une chasse où le père de ma marraine, hobereau lui aussi, parlait à ses enfants en latin. Tous ces personnages auraient pu figurer dans les *Contes de la bécasse* de Maupassant. « Des poules d'eau continuent encore à venir, poursuit François Masselin. Quand j'étais enfant, il y avait un gabion, un abri de chasse qui avait été construit par les Roquigny. Il était tapissé de velours. Et puis demeurent encore le hêtre et le platane, là, devant, que Flaubert a connus. » Le parc est également identique dans ses proportions à celui qu'a connu Flaubert. Certes pendant la Deuxième Guerre mondiale les Allemands avaient réquisitionné le Castel et laissé leurs chevaux, qui attaquèrent les arbres par le tronc. Flaubert a dormi dans cette demeure et cela m'émeut. C'est bêtement sentimental. Quelle route prenait-il pour venir de Croisset ? Il passait par Yerville avant d'atteindre Ouville auquel l'apposition « la Rivière » n'avait pas été encore attribuée.

Il faut que je sois sur la trace de Flaubert pour découvrir l'église et le cimetière d'Ouville qui dominent le Castel fleuri. J'y vais avec Jules, mon cadet. On veut toujours cacher la mort, le mystère de l'au-delà, surtout à nos enfants, à qui en fait nous n'allons rien épargner. Un cimetière c'est comme un jardin : il faut s'y promener en silence. Jules est fasciné par les tombes qui s'effondrent, les pierres fendues à travers lesquelles on peut entrevoir le caveau. Nous passons toutes les tombes en revue. Pas de trace du suicidé.

À la réflexion, originaire de Cany-Barville, il doit plutôt être enterré dans ce bourg normand situé à une quinzaine de kilomètres. Il suffit de longer la route départementale vers Saint-Valery-en-Caux pour y arriver. Cany-Barville dont la halle du marché rappelle celle de Pont-l'Évêque. Ce gros bourg très normand avec son Salon des antiquités au mois d'août, son avenue du Général-de-Gaulle, son collège Louis-Bouilhet, son cours d'eau, sa Maison de la presse et son magasin Gitem Image, Son, Multi-média, Électro-ménager, dont les enseignes jaunes ont conquis les petites villes de province au même titre que les enseignes des mutuelles agricoles. Quand je suis arrivé à Cany-Barville, en janvier, il pleuvait. Ce n'était pas d'une folle gaieté. Bernard Frank s'il avait été avec moi aurait certainement dit que c'était « sinistre », un de ses adjectifs préférés. Mais Bernard est mort et avec lui, quand il venait en villégiature à Sainte-Marguerite-sur-Mer, nous n'avions pas poussé plus loin que le Bourg-Dun et son auberge, à mi-chemin d'Ouville et de Cany.

C'est fou le temps que je passe dans les cimetières depuis le début de ce voyage autour de Flaubert. Cela ne fait que flatter une inclination naturelle. J'habite près du cimetière marin de Varengeville. J'y vais presque chaque semaine. J'en ai toujours aimé la sagesse. Elle calme nos vanités, apaise nos blessures. Désormais, je ne regarde plus de la même façon le carré des enfants, ces petites tombes blanches qui symbolisent l'innocence fracassée. Je ne me sens bien qu'avec les morts ou avec les très vivants.

Je recherche qui dans les cimetières ? Les neveux de Flaubert, vraiment ? L'obsession de la trace est un truc de flic ou de chien d'arrêt : lever la patte, pisser sur la tombe. Chaque jour nous devrions entrer dans une église ou aller au cimetière voir nos morts. Michelet pratiquait cette gymnastique pour écrire son *Histoire de France* : « J'avais une belle maladie qui assombrit ma jeunesse, mais bien propre à l'historien. J'aimais la mort. J'avais vécu neuf ans à la porte du père. J'avais vécu neuf ans à la

93

porte du Père-Lachaise, alors ma seule promenade. Puis j'habitai vers la Bièvre, au milieu des grands jardins de couvents, autres sépulcres. Je menais une vie que le monde aurait pu dire entourée, n'ayant de société que celles du passé, et pour amis, les peuples ensevelis. En faisant leur légende, je réveillais en eux mille choses évanouies. »

Mais ne perdons pas l'objet de notre enquête : Adolphe Roquigny. Rien, aucune tombe ne porte son nom au cimetière de Cany-Barville. Encore un mort escamoté, effacé.

IX

Parmi les nièces de Flaubert, il n'y en a que pour Caroline. La relation de Caroline avec son oncle Gustave est celle d'une fille et d'un père adoptifs, une figure de l'arrangement pour un écrivain. D'une certaine manière, elle a incarné son oncle, lui a donné voix et chair. Dans ses souvenirs intimes édités par Matthieu Desportes, qu'il serait regrettable de mépriser, apparaît la proximité de leur relation, la captation symbolique et affective qu'elle opère. La mort de Flaubert la fait d'un coup grandir, l'émancipe, la sort de son rôle de vierge effarouchée. Toutes les limites de ses souvenirs sont posées dans sa préface de 1926 à l'édition de la correspondance de Gustave Flaubert : « Qui pouvait mieux que moi, sa fille adoptive, accomplir cette tâche délicate et discerner, sinon par l'intelligence, du moins par mon amour filial si complet, ce qu'il convenait d'éditer ? » Elle précise que cette édition fit scandale dans la famille très bourgeoise de Flaubert mais « je reçus aussi des encouragements multiples dont un me toucha particulièrement : celui d'un prêtre, directeur d'importants patronages en Bretagne et qui m'écrivit qu'il trouvait un appui moral excellent à faire connaître à ses élèves ces lettres enthousiastes remplies d'une si haute noblesse d'âme ».

La morale et le conformisme sont saufs. La nièce prend le rôle de la fille et replace son oncle dans le chemin de la morale. Qu'apprend-on au détour de ses phrases sinueuses d'hypocrisie sur la vie du grand homme ? L'embauche de Julie, la servante, qui servit de modèle à *Un cœur simple*. La description de la naïveté de Gustave, de son innocence, qui servit d'argument à *L'idiot de la famille* de Sartre. « L'enfant était d'une nature tranquille, méditative, et d'une naïveté dont il conserva des traces toute sa vie. Ma grand-mère m'a raconté qu'il restait de longues heures un doigt dans sa bouche, absorbé, l'air presque bête. À six ans, un vieux domestique qu'on appelait Pierre, s'amusant de ses innocences, lui disait quand il l'importunait : "Va donc voir au fond du jardin ou à la cuisine si j'y suis." Et l'enfant s'en allait interroger la cuisinière : "Pierre m'a dit de venir voir s'il était là." Il ne comprenait pas qu'on voulût le tromper et devant les rires restait rêveur, entrevoyant un mystère. » Voilà comment on peut devenir écrivain. Il y a dans cette anecdote autant de vérité que dans toutes les thèses sur Flaubert décryptant sa vocation de l'écriture. On récolte une foule de détails dans les souvenirs de Caroline. Elle a assisté plus d'une fois au lever du roi : il a horreur de la discipline, de la chose militaire, souvenir des années de collège au roulement du tambour et en rangs serrés. Gustave est un indépendant. La lecture des grands textes lui a appris à se conduire en cheval sauvage, indomptable. Il avait « une antipathie pour tout ce qui lui semblait mouvement inutile, antipathie pour la marche qui dura toute sa vie. De tous les exercices du corps, seule la natation lui plaisait, il était très bon nageur ».

La nage chez Flaubert, voilà l'un des aspects dont les biographes ne parlent pas assez. S'il n'avait pas été nageur, il n'y aurait pas eu la rencontre avec Élisa Schlésinger sur la plage de Trouville et donc point d'*Éducation sentimentale*. Elle est douée d'un vrai sens de l'observation, Caroline. Un œil de cureton, certes, mais une aptitude à saisir des détails qui font de ses souvenirs une mini-vie quotidienne avec Gustave Flaubert.

« Son humeur était égale et gaie, avec des accès de bouffonnerie fréquents, et pourtant au fond de sa nature il y avait une tristesse indéfinie, une sorte d'inquiétude ; l'être physique était robuste, porté aux pleines et fortes jouissances, mais l'âme aspirant à un idéal introuvable souffrait sans cesse de ne le rencontrer en nulle chose. »

En bonne bourgeoise, elle note le peu de goût de son oncle pour la décoration, regrette presque son manque de raffinement : « Cet homme si préoccupé de la beauté dans le style et qui donnait à la forme une place si haute, pour ne pas dire la première, l'a été très peu de la beauté des choses qui l'entouraient ; il se servait d'objets et de meubles dont les contours lourds ou disgracieux eussent choqué les moins délicats, et n'avait nullement le goût du bibelot si répandu à notre époque. Il aimait l'ordre avec passion, le poussait même jusqu'à la manie, et n'aurait pu travailler sans que ses livres fussent rangés d'une certaine façon. Il conservait soigneusement toutes les lettres à lui adressées. J'en ai trouvé des caisses pleines. »

Flaubert, le buffet, contre Caroline, le bibelot. Oui mais l'hypersensibilité de Flaubert n'est-elle pas féminine ? C'est un homme couvé par sa mère, trop heureuse qu'il fût resté à ses côtés. Une mère — née Anne-Justine Caroline Fleuriot — qui a perdu deux enfants en bas âge, une fille âgée de vingt et un ans et le mari de sa petite-fille. Sa propre mère étant morte en couches, elle a été élevée par son père, qui chaque soir la déshabillait, la mettait dans son lit, voulant en tout remplacer sa femme défunte. Avant de mourir à son tour, il plaça sa fille dans un pensionnat de Honfleur tenu par deux anciennes maîtresses de Saint-Cyr. Cette femme a été endurcie par la vie et on ne se plaignait pas alors des coups de tonnerre. Elle vénéra son père, son mari qu'elle sembla vraiment aimer, sa fille perdue, son fils Achille. Mais Gustave occupe une place à part. Sa crise d'épilepsie, qui symbolise peut-être son refus du réel, le replace sous l'aile maternelle. L'un a besoin de l'autre. Et c'est une autre forme de couple qui apparaît dans la biographie de Flaubert.

« Les habitudes de la maison étaient subordonnées aux goûts de mon oncle, écrit sa nièce Caroline, Grand-Mère n'ayant pour ainsi dire pas de vie personnelle : elle vivait de ce qui faisait le bonheur des siens. Sa tendresse s'alarmait au plus petit symptôme de souffrance qu'elle croyait découvrir en son fils et cherchait à l'envelopper d'une atmosphère toute calme. Le matin, défense de faire le moindre bruit ; vers 10 heures, un violent coup de sonnette retentissait ; on entrait dans la chambre de mon oncle, et seulement alors chacun semblait s'éveiller. Le domestique apportait les lettres et journaux, déposait sur la table de nuit un grand verre d'eau très fraîche et une pipe toute bourrée ; il ouvrait ensuite les fenêtres, la lumière entrait à flots. Mon oncle saisissait les lettres, parcourait les adresses, mais rarement en décachetait une avant d'avoir tiré quelques bouffées de sa pipe, puis tout en lisant il tapait à la cloison voisine pour appeler sa mère, qui accourait aussitôt s'asseoir près de son lit jusqu'à ce qu'il se levât.

« Il faisait lentement sa toilette, s'interrompant parfois pour aller relire à sa table un passage qui le préoccupait. Bien que fort peu compliquée, sa mise ne manquait pas de soin et sa propreté touchait au raffinement. »

Le parfum chez Flaubert se révèle un élément important. Il fait partie de la sensibilité de l'homme qui après son voyage en Orient laissera toujours une porte ouverte sur son jardin en bord de Seine.

On peut noter une certaine condescendance chez Caroline quand elle parle de son vieil oncle. Lucidité un peu arrogante de ces héritiers assis sur un trésor. Cette façon qu'elle a de laisser entendre : mon oncle, quel génie mais quel plouc mal dégrossi ! Elle si raffinée ! Elle si frigide a contracté deux mariages blancs avec Ernest Commanville et le docteur Franklin Grout. Ce côté parvenu des Normands quand ils s'installent sur la Côte d'Azur. C'est à Antibes que Caroline, dans sa retraite dorée, s'érigea en gardienne de la mémoire de son oncle — mais surtout des manuscrits et des objets de son oncle, qu'elle vendit dès qu'elle manqua d'argent. Il faut lui reconnaître le sens de l'organisation et de la rigueur. Elle décide donc de léguer au musée Carnavalet les manuscrits de la première *Éducation sentimentale* et le manuscrit de la seconde version.

Mais après sa mort, le 3 février 1931, le conservateur en chef de Carnavalet, Jean Robiquet, refuse le legs car il manque le manuscrit de la première *Éducation sentimentale*, que Caroline a vendu. Le legs reste donc dans les coffres du Crédit Lyonnais à Antibes. À plusieurs reprises, la vie et l'œuvre de Flaubert finiront dans une banque. Le Crédit Lyonnais se débarrasse des caisses en les transférant au musée Grimaldi d'Antibes dirigé par Romuald Dor de la Souchère. Celui-ci est l'ami et le voisin de Louis Bertrand, académicien, auteur d'un *Flaubert à Paris ou Le mort-vivant.* J'ai longtemps cru avant de le lire qu'il s'agissait d'une étude sur les années parisiennes de Flaubert.

Ce livre fringant comme l'année 1921 de sa publication dans les « Cahiers verts » de Grasset se veut drôle et pas dupe de son admiration pour le maître. C'est en fait une promenade imaginaire avec le fantôme de Flaubert à Croisset. Louis Bertrand débarque du train à Rouen, se promène dans une ville dont il se moque : elle célèbre plus le musicien Boieldieu que le vrai patron de la ville. Un livre qui convient parfaitement à Caroline : il fait entrer Flaubert dans les ordres.

Ainsi cette rencontre avec un abbé, amoureux des grands saints et écrivains, des pèlerinages littéraires. Flaubert manipulé devient soudain le gardien de l'ordre religieux. « Monsieur l'abbé, dit-il, voilà plus d'un mois que je suis ici. J'ai déjà vu beaucoup de monde, des gens riches, des gens en place, des confrères célèbres. Personne ne m'a reçu comme vous — d'un tel cœur ! souffrez que je vous en remercie, d'autant plus que je dois être un grand mécréant à vos yeux et que je sens, croyez-le bien, tout l'effort d'indulgence... — Monsieur Flaubert, dit l'abbé, je ne vois qu'une chose : vous avez créé de la beauté, reflet de Dieu. » Le saint ordre est préservé. Bourgeois, dormez tranquilles. Louis Bertrand fut l'académicien le plus proche de Caroline. Les nièces d'écrivains, faudrait-il les faire entrer dans le *Dictionnaire des idées reçues* ? Rappelons-nous que les abbés « couchent avec leurs bonnes et ont des enfants qu'ils appellent leurs neveux. — C'est égal, il y en a de bons, tout de même ». Gustave fut avec Caroline un joyeux abbé.

Ces péripéties de manuscrits sont racontées par leur éditeur, Pierre-Marc de Biasi, généticien de Flaubert, éditeur des carnets. La génétique est la spécialité d'avant-garde des études flaubertiennes. Ah, la famille, quel rôle dans la vie et l'œuvre de Flaubert, lui qui n'a pas eu d'enfant !

Tout écrivain est hanté par sa postérité : serai-je lu par les futures générations ? Serai-je encore vivant une fois mort ? L'écriture est la conjuration de notre finitude. En vieillissant et au seuil de la mort, l'écrivain se révèle assez lucide — la lucidité est son métier — pour savoir à quoi s'en tenir. Bien sûr ses livres vont emprunter des pistes dont il ignore le cheminement, l'étrange sinuosité, mais il connaît le poids de son œuvre.

Dans le cercueil d'Arthur, les deux livres que j'ai déposés ont pour sujet commun la mer. Ils ont donné sens à la vie de Camille et à la mienne, rejoignent le plus secret de nous-mêmes. Catapultés dans le désastre, nous nous heurtons à l'inachevé, cet enfant qui, lui, a achevé sa vie. Pauvre enfant, qu'a-t-il à faire des écrits de ses parents, qui n'ont pas su lui donner le souffle de la vie. Une part de nous tient à l'accompagner dans le feu et à couver ses cendres.

X

« Coup de tonnerre dans un ciel bleu » fut l'expression des obstétriciens quand ils évoquèrent devant nous l'accouchement prématuré de Camille. Je me demandais s'ils n'avançaient pas cette hypothèse pour me déculpabiliser. Si je n'avais pas emmené Camille avec les enfants à Saint-Malo, qu'en aurait-il été ? Saint-Malo où s'est achevée une partie de notre vie, finistère d'une existence commune brisée contre ses remparts de granit. Comme une route qui se jette à la mer. La littérature a tué mon fils et je suis le bras armé qui a projeté la lance mortelle. J'ai percé les eaux.

Nous avons connu la joie des naissances sans problème, à terme. Le malheur ne nous rend pas jaloux du bonheur des autres. Il nous fait prendre conscience que nous appartenons au même arbre : certaines branches cassent, d'autres poussent. À l'hôpital de Rouen, Camille se trouve dans le secteur des accouchements pathologiques. Un quartier réservé où le personnel soignant multiplie les attentions et les précautions. Un cercle à l'intérieur d'un autre cercle répondant à la théorie mathématique des ensembles. Quand j'emmène Camille voir Gaston, nous croisons des femmes qui portent les stigmates de l'alcoolisme, du tabagisme, de l'obésité. Je l'entends murmurer : « Ce n'est pas juste ! » Camille qui n'avait jamais eu à se forcer pour être saine, long corps sur lequel on lisait à peine la grossesse, visage si solaire quand elle était enceinte.

Chaque jour est un nouveau défi avec son paquet d'espoir et de désespérance. Chaque jour, les alarmes passent du vert à l'orange puis au rouge. Les chiffres dégringolent sur l'écran du scope : 70, 68, 67. Chaque jour, Gaston reçoit comme un cycliste dopé du Tour de France une dose d'Epéo, de sucre, de caféine. Tous les actes et gestes médicaux sont consignés dans le grand cahier de Gaston, que nous pouvons consulter à tout moment. C'est un journal de bord. D'ailleurs les infirmières travaillent en quart comme dans la marine. Ce sont des veilleuses, des bienveillantes délicates et fortes. Avec elles, nous partageons une intimité silencieuse. Elles ont la vie de nos enfants entre leurs mains. Ces mains que nous touchons parfois dans l'isolette quand nous nous occupons ensemble de Gaston. Entre nous passe une sensualité très particulière, celle du don.

C'est un chœur antique avec ses servantes comme chez Eschyle et Sophocle. Les enfants me font penser à Antigone. Et chaque jour, chaque semaine on attend le pronostic du médecin tel l'oracle.

La médecine n'est rien d'autre qu'une religion laïque. Rayonnement absolu de ces femmes, elles-mêmes souvent mères, qui ne semblent être là que pour notre enfant. Elle répondent à toutes nos interrogations, tentent d'apaiser nos angoisses. Elles ne nous parlent jamais de leur vie personnelle ni des autres enfants hospitalisés. Nous avons pourtant le sentiment de les connaître, Clovis, Ada, Léa et les autres, copains de chambrée de Gaston.

Un rituel relevant de la pensée magique s'est installé. Je le respecte comme si cette dévotion allait sauver Gaston. Nous vivons au rythme des désaturations, des changements de teint, des ralentissements cardiaques. Si les nouvelles de la nuit ont été bonnes, la route est une parenthèse de tranquillité. Je passe des appels téléphoniques à mon bureau à Paris : c'est divertissant de tenter de décrocher un article sur un livre quand on doit se battre pour la survie de son enfant. L'ombre se pose sur mon épaule dès que je jette un œil dans le rétroviseur intérieur — et je le fais sans cesse comme s'il était possible de rembobiner la pellicule et de réécrire le scénario —, il manquera toujours un enfant sur la banquette arrière. C'est souvent lorsqu'il regarde sa progéniture dans ce même rétroviseur qu'un père ressent la fierté de l'homme accompli. La bagnole, précipité de nos vies de famille. La litanie répétée des villages ou bourgades traversés par l'autoroute, à l'aller comme au retour : Saint-Aubin, Belmesnil, Longueville, Auffay, Tôtes, l'embranchement avec l'autoroute du Havre. Soixante kilomètres. La côte de Canteleu m'aspire vers Rouen, je dévale vers Croisset. Dans la descente la peur me tombe dessus. Flaubert me recueille au vol. Est-il mort ou vivant ? « Quelle triste chose que tout, n'est-ce pas ? » conclut-il.

Je laisse la voiture au parking du CHU, passe devant la statue de Flaubert beaucoup plus petite que sa taille réelle (1,84 mètre) et sur laquelle les internes en grève déposent des banderoles blanches qui la font ressembler à une momie dépenaillée. Je ne suis rassuré que lorsque je vois Gaston à travers la vitre du couloir et que les chiffres du scope sont au beau fixe. Mon angoisse : qu'il ne soit pas là. Effacé. « S'il y a un problème, vous serez prévenu », m'avait dit un médecin. Mais quel problème ? Qu'il s'arrête de respirer ? Jamais cette hypothèse n'a été évoquée explicitement. Ce n'est pas un combat contre la mort, induisent les médecins, mais pour la vie. « Je sais qu'il vivra », m'a répété Camille. Je m'accroche à cette prophétie : une mère sent et sait.

À quel moment a-t-elle su qu'Arthur, lui, ne vivrait pas ? Quand elle a vu la panique dans le regard du médecin accoucheur qui ne parvenait pas à l'extraire ? J'admire la retenue de Camille, son absence de larmoiements, sa sérénité quand elle tient Gaston contre elle, peau à peau : « Je n'ai pas su te garder », dit-elle parfois, ou « Tu n'étais pas bien dans le ventre de Maman ». Je ressens alors la chape de culpabilité, un retour de flamme.

Gaston, petit animal couvert de fils électriques, oiseau mécanique aux ailes repliées. Il a désormais trois semaines de vie et il n'ouvre pas franchement les yeux. L'important est qu'il prenne chaque jour du poids. Un gramme et c'est une marche franchie.

XI

Nous ne savons rien du monde des prématurés. Impossible de l'imaginer avant d'y être confrontés. Contrairement aux autres services hospitaliers que nous connaissons comme visiteurs ou comme patients, un service de pédiatrie néonatale est un monde clos où le temps est suspendu, où les heures ne comptent plus. Un univers qui n'est plus celui des limbes puisque tourné vers la vie, auquel hormis le personnel habilité seuls les parents peuvent accéder. Un couvent, un nid de soins intensifs. L'enfant est entouré d'un drap en forme d'anneau grâce à une technique inventée par le CHU de Brest sur le modèle du nid d'hirondelles : le « cocooning » est la face la plus douce d'un service de néonatalité.

L'habit de Gaston, un body, fait penser à celui d'une poupée ou d'une peluche. Chaque jour, sa peau se défripe, devient moins bleue. Chaque jour aussi il subit une batterie d'examens : recherche de bactéries, de parasites, examen des yeux. Lors de son premier encéphalogramme — Gaston devait avoir trois jours de vie et se trouvait encore en réanimation —, la technicienne qui exerçait son métier avec une froideur toute mécanique me dit : « Les prématurés passent des encéphalogrammes jusqu'à l'âge de seize ans. » Cela signifiait que Gaston vivrait sous surveillance médicale mais qu'il serait bien là.

L'angoisse pour des parents de prématurés est de les voir subir des hémorragies cérébrales massives entraînant des handicaps lourds. Le professeur Marret m'a expliqué depuis que tous les prématurés faisaient des hémorragies sous-épendymaires qui se résorbaient d'elles-mêmes. Les examens ont pour but de détecter les plus invasives car, traitées à temps, elles peuvent être soignées. Nous ne parvenons pas à envisager l'avenir. Les médecins ne nous le demandent pas, d'ailleurs : ils connaissent trop la fragilité de nos enfants. Le temps est pétrifié. Seules la sauvegarde de nos deux aînés et la survie de Gaston comptent. Nous vivons une guerre.

Nous prenons l'habitude d'apporter aux infirmières, le dimanche, une boîte de chocolats ou des gâteaux pour leur pause thé. C'est une façon bien modeste de leur exprimer notre reconnaissance. Ces femmes sont devenues notre plus proche entourage. On souhaite que le dimanche soit paisible pour Gaston comme un dimanche ordinaire. Il n'y a qu'un médecin de garde. Et le week-end, nous redoutons par-dessus tout les cycles de désaturation qui conduisent au ralentissement cardiaque. C'est le jour aussi où nos parents peuvent venir le voir.

Le lundi, j'ai hâte de revoir le professeur Marret. Nous débutons une nouvelle semaine et étape. Il est d'une sérénité à toute épreuve. Combien en a-t-il vu, de ces enfants prématurés ? Il nous a dit qu'ils naissaient souvent dans des milieux défavorisés : alcoolisme, carences médicales. Son service est une référence de la néonatalogie en France. Pour en assumer la direction, résister aux contraintes administratives et conserver du temps pour les soins, il doit absorber le stress, se mettre en état de légère apesanteur, méditer, agir, soigner. Le lundi, après un bilan de la semaine, il me fait part des obstacles que Gaston va devoir franchir les huit prochains jours. Pour ne pas nous accabler, les médecins distillent les épreuves les unes après les autres. Si Gaston est trop fatigué, on prévoit une transfusion sanguine. Surtout ne pas penser à sa vulnérabilité, à toutes les infections qu'il peut attraper. Se concentrer sur le souffle.

La mort d'Arthur, contrairement aux certitudes de la médecine rationaliste, a une portée symbolique dont je ne décrypte pas encore tout le sens : « Au milieu du chemin de notre vie, écrit Dante, je me retrouvai par une forêt obscure car la voie droite était perdue. À dire ce qu'elle était est chose dure. Cette forêt féroce et âpre et forte qui ranime la peur dans la pensée. »

L'enfer, ce mot utilisé à tort et à travers pour nommer une situation difficile, souvent temporaire. Nous sommes au milieu d'une forêt de tubes à oxygène. Le royaume des ombres. Une partie de notre vie vient d'expirer. Mais quelle vie ? Je me suis perdu dans la frénésie du travail, des voyages, des tâches éditoriales. Père de famille, il me fallait bien agir. J'avais toujours le sentiment que tout irait très vite. Je me fais l'effet d'un agité à côté de ma femme Camille, si calme et si royale. J'ai quarante et un ans, six ans de plus que ce que Dante considère comme l'arc de la vie. J'ai quitté la colline ensoleillée pour entamer la descente. Je me trouve confronté, et ce n'est ni une vue de l'esprit ni un point de vue esthétique, au mystère religieux de la vie, au cœur de ce qui fait l'indicible et l'ombre de nos existences.

« C'est peut-être le défaut de la ligne droite, dit Frédéric à la fin de *L'éducation sentimentale*. — Pour toi cela se peut. Moi, au contraire, j'ai péché par excès de rectitude, sans tenir compte de mille choses secondaires plus fortes que tout. J'avais trop de logique et toi de sentiment. »

Cette phrase a hanté ma jeunesse. *L'éducation sentimentale* est le roman de la versatilité, de la fatalité de l'échec. La mise à mort de l'homme face à l'amour, à l'Histoire et à sa destinée. Il n'y a pas de destin fort dans l'œuvre de Flaubert hormis peut-être et d'une manière ambiguë dans *La tentation de saint Antoine* : uniquement des lignes brisées. Seuls les personnages historiques ont une force rétrospective. Qu'ai-je de commun avec Frédéric Moreau ? L'exaltation des débuts, les années de collège avec Deslauriers, les lectures, les serments d'amitié : « Des doutes succédaient à leurs emportements d'espoir. Après la crise de gaieté verbeuse, ils tombaient dans des silences profonds. »

Nogent-sur-Seine, d'où est originaire Frédéric, est aussi un territoire dérobé chez Flaubert — on le perçoit plutôt comme un écrivain normand. Mais c'est sans doute l'un des lieux où le pèlerinage flaubertien a encore un sens et un parfum. La maison de la famille paternelle Parain-Bonenfant où il passait des vacances et qui lui a inspiré la demeure de Mme Moreau est devenue une succursale de la Banque populaire. Il subsiste une partie du jardin. Flaubert séjournait dans la pièce du premier étage à droite. Derrière cette belle maison, dans la même rue, a vécu entre 1876 et 1879 Paul Claudel. Son père avait été nommé conservateur des hypothèques à Nogent-sur-Seine. Le jeune Paul a peut-être croisé Gustave vieillissant sans savoir qui il était.

Je me souviens de mes lectures de *L'éducation sentimentale* à quinze puis à dix-neuf ans. Un poison. À l'adolescence j'étais hanté par la médiocrité, les destinées échouées, la mienne, celles de nos petites vies. Ma génération ne resterait jamais dans l'Histoire : nous étions des retraités nous vautrant dans les acquis de Mai 68, coincés par la génération précédente qui avait tout confisqué et ratissé. Que faire ? Regarder des écrans.

Cette façon qu'a Flaubert de neutraliser toute tentative artistique, politique, humaine. Tout est cerné puis lentement annihilé. Marchands de peinture, de littérature, ces métiers conduisent au même échafaud. Éditeur c'est un peu comme propriétaire de *L'Art industriel*, le journal de Jacques Arnoux, autre médiocre de *L'éducation sentimentale* : un gentil escroc entouré d'artistes. Dans cet univers du faux qu'est *L'éducation sentimentale*, il y a le frisson électrique du voyage, un tressaillement, un rêve : « Quand il allait au Jardin des Plantes, la vue d'un palmier l'entraînait vers des pays lointains. » Voyager a été aussi pour moi la tentative d'échapper à mes médiocres illusions. Arnoux, l'époux de Marie dont est amoureux Frédéric, est un bon père un peu ridicule : « Le repas terminé, il jouait dans la chambre avec son fils, se cachait derrière les meubles, ou le portait sur son dos, en marchant à quatre pattes comme le Béarnais. »

Les enfants dans *L'éducation sentimentale* sont un paravent. Ils entourent Frédéric et marquent son infantilisme. Ils n'intéressent pas Flaubert. On s'amuse presque de voir comme l'enfance est détruite dans son œuvre car réduite à un lieu commun. Et Arnoux est ridicule parce qu'il a un comportement enfantin, irresponsable. L'enfant signe le début de l'intégration sociale, la mise au pas, l'aliénation de la liberté. D'ailleurs Mme Arnoux est une statue solitaire, romantique, entourée de lumière, alors que son mari incarne la figure paternelle, lourdaude : « Arnoux néanmoins possédait certaines qualités ; il aimait ses enfants. » Tout languit, tout meurt chez Frédéric. Toute courbe ascendante est brisée, toute espérance neutralisée. Et *L'éducation sentimentale* est le roman des commencements frappés de nullité. Frédéric est un excité qui s'enflamme au galop, se liquéfie comme la cire d'une bougie. « Quand il fut à sa place, dans le coupé, au fond, et que la diligence s'ébranla, emportée par les cinq chevaux détalant à la fois, il sentit une ivresse le submerger. Comme un architecte qui fait le plan d'un palais, il arrangea, d'avance, sa vie. Il l'emplit de délicatesses et de splendeurs ; elle montait jusqu'au ciel ; une prodigalité de choses y apparaissait ; et cette contemplation était si profonde, que les objets extérieurs avaient disparu. »

La cavalcade, l'émeute, le bruit martèlent de nombreuses scènes alors que Marie Arnoux est entourée de silence, de gravité dès son apparition. De son côté, Rosanette, la maîtresse de Frédéric, est l'incarnation de la vulgarité, de la sensualité. Tout est excitant dans les commencements et lamentable dans la fin. La tentation du boudoir ou du sacré. Comme dans « L'Enfer » de Dante, on traverse des cercles : la luxure, la débauche, la politique. Voyons le bal chez la Maréchale, Rose-Annette Bron ou Rosanette. Les femmes sont alignées comme des prostituées. Il y a par exemple la Bacchante, la Poissarde, la Débardeuse. C'est une orgie de champagne et de lumière. Mais l'aube fait tomber les masques. Tout sent alors la mort. Et comme s'il y avait un cadavre dans la pièce, on ouvre la fenêtre : « Le grand jour entra, avec la fraîcheur du matin. Il y eut une exclamation d'étonnement, puis un silence. »

C'est le mouvement du moribond qui écarquille les yeux une dernière fois. Seule la Maréchale est en harmonie avec elle-même. Elle est la tentation du cul à laquelle Flaubert a si souvent cédé. Il y a aussi cette scène hallucinante où Frédéric rentre chez lui. Il se couche, s'endort. C'est un gisant, lui aussi. « Il se sentait quelque peu étourdi, comme un homme qui descend d'un vaisseau ; et, dans l'hallucination du premier sommeil, il voyait passer et repasser les épaules de la Poissarde, les reins de la Débardeuse, les mollets de la Polonaise… Mais déjà le rêve l'avait pris. Il lui semblait qu'il était attelé près d'Arnoux, au timon d'un fiacre, et que la Maréchale, à califourchon sur lui, l'éventrait avec ses éperons d'or. »

Dans *L'éducation sentimentale*, tout est factice sauf Mme Arnoux, intouchable. Il n'y a plus d'innocence. Flaubert se montre très fort pour emmurer les sentiments. Il parvient à pétrifier ses personnages dans la beauté de ses phrases. Il est mal à l'aise quand il parle de la paternité.

Frédéric est l'amant de Rosanette, enceinte de lui, mais il vit avec Mme Dambreuse, femme et veuve de banquier, qui elle aussi a verrouillé ses sentiments. Sa maîtresse attend un enfant. Il est néanmoins plus préoccupé par la perte de la fortune de Mme Dambreuse et son prochain mariage avec cette dernière : « Un commissionnaire l'attendait chez lui avec un mot au crayon, le prévenant que Rosanette allait accoucher. Il avait eu tant d'occupation, depuis quelques jours, qu'il n'y pensait plus. Elle s'était mise dans un établissement spécial, à Chaillot. » Cette maison de santé est « tenue par Mme Alessandri, sage-femme de première classe, ex-élève de la Maternité, auteur de divers ouvrages, etc. »

On sent le fils de médecin chez Flaubert dans la description des qualifications. La sage-femme lui apprend l'« heureuse délivrance de la mère ». Il monte dans la chambre. C'est un garçon. Frédéric écarte les rideaux et aperçoit, « au milieu des linges, quelque chose d'un rouge jaunâtre, extrêmement ridé, qui sentait mauvais et vagissait ». C'est Flaubert, non Frédéric, qui réagit ainsi. Dégoût inné vis-à-vis des nouveau-nés, qui portent selon lui les stigmates de la mort. L'enfant ridé — ce n'est jamais le cas — vagissait — un lieu commun. C'est un exercice obligé, composé pour Flaubert, cette naissance. Le petit garçon est littéralement mis à l'écart, mis en nourrice à Andilly. Il y a des scènes cocasses où « Rosanette commençait par baiser frénétiquement son poupon ; et, prise d'une sorte de délire, allait et venait, essayait de traire la chèvre, mangeait du gros pain, aspirait l'odeur du fumier, voulait en mettre un peu dans son mouchoir ». L'enfant n'a pas de prénom. Pour Frédéric, l'enfant sera un sot ou un malheureux : « Mieux aurait valu pour lui ne pas naître. » D'ailleurs, il va disparaître comme s'il devinait que son père ne le désirait pas. Un père absent qui ne le veille pas quand il est malade. Il va mourir. Il est expédié *ad patres*. Rosanette reste debout toute la nuit.

« Le matin, elle alla trouver Frédéric.

« — Viens donc voir. Il ne remue plus.

« En effet, il était mort. »

Tout est faux dans cette scène, en accéléré. En deux pages, l'enfant tombe malade, meurt et on l'oublie. Même la crise de larmes de Rosanette semble artificielle : « Elle le prit, le secoua, l'étreignait en l'appelant des noms les plus doux, le couvrait de baisers et de sanglots, tournait sur elle-même, éperdue, s'arrachait les cheveux, poussait des cris. » La seule considération qui sonne juste dans ce fatras funéraire c'est l'état de Frédéric. « Il lui semblait que cette mort n'était qu'un commencement, et qu'il y avait par derrière un malheur plus considérable près de survenir. »

Rosanette veut conserver l'enfant, le faire embaumer. Au bout du compte, Pellerin, l'artiste peintre, en fera juste un portrait.

De notre fils mort, je n'ai gardé qu'une urne de cendres, ce trophée de notre terrible défaite je l'ai récupéré aux pompes funèbres, je l'ai installé sur le siège avant de la voiture. Pour un peu, je lui aurais mis la ceinture de sécurité et nous serions partis en voyage. Mais les seuls voyages envisageables pour l'instant sont vers l'hôpital, qui compte 2 247 lits selon le tableau lumineux dans le hall d'entrée du pavillon Mère et Enfant. C'est dans cet hôpital que nous risquons de finir nos vies. L'agitation qui fut longtemps mon quotidien a laissé place à une immobilité imposée aux côtés de Gaston. Quel est l'état de sa conscience ? Et Camille, à quoi pense-t-elle quand nous rentrons ensemble après une journée d'hôpital ? Quelle est sa souffrance de mère ? Stoïque, droite, elle ne pense qu'à la survie de Gaston.

Des musiques nous accompagnent, Françoise Hardy et son album *Parenthèses*, notamment ce duo étrange chanté avec Rodolphe Burger, reprise de Jacques Higelin et Brigitte Fontaine : « Cet enfant que je t'avais fait. Pas le premier mais le second. Te souviens-tu ? Où l'as-tu mis ? Qu'en as-tu fait ? Celui dont j'aimais tant le nom. »

Ma femme me fait penser à Françoise Hardy. Son long corps, sa coupe de cheveux. Je suis sidéré par sa force. Françoise Hardy chantant en 1969 *Comment te dire adieu* en pull à mailles rouges et en pantalon noir avec cette façon qu'ont les grandes filles de bouger imperceptiblement quand elles dansent avec les bras le long du corps. Et Camille, comment va-t-elle me dire adieu ? « Il ne faut pas que nous nous quittions », lui ai-je dit le matin de son accouchement. Son père est persuadé que c'est notre couple qui va exploser puisque je fais tout exploser. *Human Bomb.* Il faut m'abattre.

« Votre femme est le sosie de Françoise Hardy », m'avait dit François Floch, mon imprimeur, avec qui nous avions dîné quelques jours avant l'accouchement. Un souvenir heureux de l'avant. Comme ces jours de soleil passés à Pâques en Corse, à Piana. Le maître d'hôtel avait perdu son deuxième fils à la naissance. Il en voulait à l'hôpital. Il y avait en lui une rage contenue, une rage de père. Quand nous parlions avec lui, Camille essayait de dissimuler sa grossesse, que l'on devinait d'ailleurs à peine, pour ne pas raviver son chagrin.

Le soir, je lisais *La belle vie* de Jay McInerney. Un père de jumelles qui passe son temps à conduire ses enfants dans un Nissan Pathfinder. Un vrai fourgon familial. Sur la route du retour entre l'hôpital et la maison, je suis frappé toujours par la même hallucination : je vois le fourgon. Le fourgon pédiatrique du Samu transportant Gaston. Notre fils sous respiration artificielle, dans son caisson. Quel corps avait-il ce matin-là ? Le médecin debout vérifiant le rythme cardiaque. Le gyrophare.

J'avais envisagé d'acheter un Pathfinder pendant la grossesse de Camille. J'avais fait tous les concessionnaires de la région à la recherche d'une voiture sept places. Une rareté ! La bagnole moyenne, c'est trois places maximum à l'arrière. Au-delà on échappe à la cible de masse des constructeurs automobiles. Les voitures sept places ressemblent déjà à une petite maison et en valent le prix. Tous les pères de famille ont caressé des voitures qu'ils n'avaient pas les moyens de s'offrir. C'est un rêve à la con qu'il faudrait mettre à la casse. Les catalogues de vente de ces voitures extra-larges vantant les plaisirs d'une vie à l'américaine proche de la nature, une sorte de *wild life* motorisée : pêche à la mouche, randonnées en montagne, bateau de plaisance. Les mannequins photographiés dans les catalogues que nous laissaient les concessionnaires avaient notre âge, des sourires éclatants de gens qui gagnent bien leur vie sans se poser de questions trop profondes. On les imaginait chefs de produit dans l'industrie du cosmétique, directeurs commerciaux, peut-être même avocats, comme les avocats des romans de Jay McInerney. Du blé pour être à l'aise dans son corps et son esprit. Ils mimaient drôlement la comédie du bonheur des jeunes quadras — les femmes devaient en réalité être beaucoup plus jeunes. Tout était modulable, toutes les combinaisons étaient possibles. On pouvait rabattre les sièges arrière en un tourne-main, en faire pivoter un, transformer la voiture en camionnette pour transporter une armoire dans la maison de campagne. La puissance de la traction était mise en avant, la sécurité aussi : ces voitures étaient capitonnées d'airbags frontaux et latéraux. À quarante ans, il faut tirer un attelage et se protéger. Moi, j'avais fait éclater les airbags.

J'avais un penchant pour le 4 × 4 de *La belle vie*. Le FBI possédait le même modèle. Mais on sait ce qui arrive aux petits Français quand ils veulent imiter les Américains. Nous n'étions pas, ma femme et moi, Corine et Russel, les deux personnages autobiographiques de McInerney qui exerçaient sur nous une attraction commune. Cette illusion de changer de vie dans le cycle de la consommation. Imagine-t-on Flaubert et Louise Colet dans une Renault Espace ou en Kangoo avec les enfants sur la banquette arrière ?

XII

C'est lui, Flaubert, l'enfant protégé, chaperonné par Maman, goûtant la relation avec des femmes mûres. À l'âge de vingt-deux ans, après sa crise d'épilepsie, il devient le roi d'un royaume débile, dernier rejeton de la lignée Flaubert. Il a perdu sa sœur, son père. Après Gustave, tout s'éteindra : le déluge, le feu, le fleuve, le chaos, le grand silence enfin. Tout a tremblé, ses nerfs, sa pauvre tête. Flaubert est une comète qui avance à un pas de sénateur. De la vie jusqu'aux marches de la mort, il a tout vu, tout compris. Il est passé par les différentes étapes de la métamorphose. « Tu es venue trop tard, dans un homme trop vieux », dira-t-il à Louise Colet. Enfant qui ne veut pas perdre son temps dans un gagne-pain quotidien. « J'ai des besoins désordonnés qui me rendent pauvre avec plus d'argent qu'il n'en faut pour vivre, et je prévois une vieillesse qui finira à l'hôpital ou d'une manière plus tragique. »

Écrasé par le deuil de sa sœur, puis dans une moindre mesure par celui de son père, la rencontre avec Louise Colet aurait pu être une renaissance. Après l'accident de Pont-l'Évêque, il est foudroyé — éclairs, fusées, feu d'artifice — dans sa tête. L'homme jeune enseveli. Cette catastrophe annonce l'ouverture de la grande tragédie : morts en cascade. Le 15 janvier 1846, mort de son père : l'année commence mal. Six jours après, le 21 janvier, sa sœur Caroline donne naissance à une petite fille, la nièce Désirée-Caroline. Le 22 mars, le printemps est foudroyé par la disparition de Caroline, la mère, des suites de l'accouchement.

Deux morts encadrent une naissance. C'est une construction triangulaire. Au XIXe siècle la mortalité infantile rase les familles. À cela s'ajoute le mariage d'Alfred Le Poittevin — dont la disparition surviendra d'ailleurs deux ans plus tard, le 3 avril 1848 — qui finit d'enterrer sa vie de garçon. Que faire ? Flaubert avait déjà peu d'illusions sur la gaieté de la vie. Désormais il est vissé dans les ténèbres.

Après le séisme de son attaque nerveuse et cette cohorte de deuils, il aurait pu choisir de s'adonner à l'amour et à la passion des corps, mais telle n'est pas sa nature. Or la tentation de l'éros s'incarne avec la rencontre de Louise Colet en juillet 1846. Mais qu'est-ce que l'ardeur sexuelle pour Flaubert ? Il n'a pas encore vingt-cinq ans et elle en compte dix de plus. Cette muse, un corps splendide ! Il est presque logique que Flaubert fasse sa connaissance dans un atelier de sculpture, celui du célèbre Pradier, surnommé Phidias.

Voici la description qu'elle grave dans le marbre

de son propre corps, le 14 juin 1845, un an avant sa rencontre avec Gustave : « J'ai grossi, je n'ai plus la taille très svelte mais elle est encore obligeante et le port bien dessiné. J'ai la gorge, le cou, les épaules, les bras, d'une grande beauté ; on admire encore comme mon cou se fond avec mon visage, un peu trop peut-être, car le visage ainsi confondu manque de longueur et paraît trop rond. Je corrige ce défaut par ma coiffure, qui se compose de boucles très longues tombant sur les tempes, voilant les joues et descendant jusqu'aux épaules. Ma chevelure abondante (d'un châtain très clair, elle a été fort blond quand j'étais enfant) arrangée chaque jour par un coiffeur m'attire des compliments. Mes cheveux sont pourtant une des plaies de ma vanité ; ils commencent à blanchir (et quand je dis : ils commencent, je dois constater que je me suis trouvé des cheveux blancs il y a dix ans), les petits cheveux des tempes sont presque tous blancs, je les couche avec une petite mèche d'autres cheveux qu'on colle et frise par-dessus. Chaque samedi on m'enlève tous les autres cheveux blancs. Ce jour-là, je répète en riant : *Memento mori* ou plutôt *Memento V[ivere]...* »

Louise est un éventail tout feu tout flamme. Elle a besoin d'aimer et d'être aimée. Louise n'est pas une égérie pâmée ni une godiche. Elle s'impose en femme émancipée. L'ardeur incarnée. Gustave qui dans sa correspondance aime tant jouir, éjaculer avec rage, pourrait s'adonner au corps et au cul de Louise. Leur rencontre, c'est tout d'abord une explosion. Louise est superbe avec ses fesses et ses formes. Un peu muse et pétroleuse, frondeuse et pimpante. Les journaux féminins d'aujourd'hui en auraient raffolé. Elle écrit des poésies illisibles, démodées, lyriques, mais aussi des textes sur l'Italie, la Pologne, des libelles à la façon du XVIIIe. Son pamphlet *Ces petits messieurs* est drôle tout en demeurant superficiel. Elle s'en prend aux muscadins, aux mirliflores, après avoir dédicacé son libelle... à un notaire. « Lorsque les petits messieurs n'ont pas prospéré à quarante ans et n'ont pas pris rang parmi les *absous* du monde officiel, c'en est fait d'eux ; la société les repousse. Flétris, mal suivis, l'âme gangrenée, ils s'enfoncent dans les régions souterraines... »

Ces petits messieurs sont le contraire de Flaubert. Lui qui méprise les dandys, les romantiques, eussent-ils la grandeur de Musset. Gustave est un Titan, un homme de l'antique, du bronze, qui a mis sa sentimentalité dans son mouchoir. Et pourtant ses lettres à Louise Colet sont celles d'un grand amour. Les premiers mots : « Il y a douze heures nous étions encore ensemble. Hier à cette heure-ci je te tenais dans mes bras... t'en souviens-tu ?... Comme c'est déjà loin ! »

Le comptage des heures est essentiel dans la vie de Flaubert. Vu de Paris, cet homme semble avoir tout son temps. Pas d'enfant. Pas de travail. Pas d'obligation de gagner sa vie. C'est le temps du soupir postcoïtum. Puis celui de la respiration. « La nuit maintenant est chaude et douce ; j'entends le grand tulipier qui est sous ma fenêtre frémir au vent et, quand je lève la tête, je vois la lune se mirer dans la rivière. »

Et puis il y a le temps de l'inspiration un peu

sucrée — c'est si rare chez Flaubert — « Tes petites pantoufles sont là pendant que je t'écris, je les ai sous les yeux, je les regarde. Je viens de ranger, tout seul et bien enfermé, tout ce que tu m'as donné. » Cette lettre résume à merveille toute la vie sexuelle et sentimentale de Gustave Flaubert et prophétise la nature de sa liaison avec Louise. « J'ai peur d'être froid, sec, égoïste et Dieu sait pourtant ce qui à cette heure se passe en moi. »

Il sera froid, sec, égoïste. En même temps cette attitude est un paratonnerre. Leur première nuit, le 29 juillet, est un fiasco. Flaubert se montre nerveux. Trop d'émotions. Trop de rétention. L'abstinence s'est retournée contre lui. Le lendemain, ils se promènent en calèche pour assister aux feux d'artifice commémorant les Trois Glorieuses de 1830. Puis le 3 août, nouvelle nuit d'amour. Cette fois c'est une tempête des sens. « La nuit, ta tête dans la nuit, je la voyais malgré les ténèbres. » Les ténèbres renvoient à des angoisses de l'enfance chez Gustave. « Quand j'étais enfant, je n'avais pas de crainte ni des voleurs ni des chevaux ni de l'orage mais des ténèbres et des fantômes », écrira-t-il à Louise.

Il y a tout dans cette lettre, la nuit, les éclairs, le drame mais aussi le talent de comédien de Gustave. Ce saltimbanque des mots et son côté fleur bleue, sentimental. Dans les pantoufles, urne de leur amour, un mouchoir taché de sang. Le fétichisme obsessionnel, l'un des traits de caractère de Gustave. C'est un homme sous tutelle : l'art, la littérature, sa mère. À vingt-cinq ans, garçon encore coiffé par Maman, il sera contraint de dissimuler sa liaison. Mais cette protection l'arrange. « Ma mère m'attendait au chemin de fer. Elle a pleuré en me voyant revenir. Tu as pleuré en me voyant partir. »

Une part de lui souhaite voir cette histoire partir en fumée. Flaubert ne veut pas être dupe ou pris au dépourvu. À la joie du mouvement il oppose immédiatement une glaciation.

Il y a d'abord l'angoisse de la grossesse. La phobie de l'enfant chez Flaubert se révèle aiguë. Une femme est une chaîne, un enfant, une prison à vie. Les enfants, il en a déjà autour de lui. Caroline, sa nièce. L'écriture est séminale chez Flaubert. Retenir sa semence c'est aussi la tourner et la consacrer à son œuvre. Ce que l'on donne à l'amour, à la vie, c'est une part enlevée à l'œuvre. Donc au lieu d'exploser en Louise il va se retenir, se frustrer. « Prendras-tu encore pour du calcul la sage prévision du malheur ? M'en voudras-tu toujours de ce que je casse les reins à mon plaisir pour t'épargner un supplice ? » Flaubert s'est abandonné à la jouissance avec Louise au début de leur liaison et il va vivre dans l'angoisse qu'elle soit enceinte. Elle lui apprend que « les Anglais » n'ont pas débarqué. Oui, « les Anglais », c'est le nom donné par Gustave aux règles de Louise. La sexualité se confond de façon évidente avec ses amours anglaises. Un peu avant ses quatorze ans, il a eu une amitié amoureuse avec une Anglaise, Caroline Anne Heuland. En ce début du mois de septembre 1846, il s'inquiète de l'état de Louise : « Je suis bien tourmenté de ta santé, pauvre cœur, de tes vomissements et de ce maudit sang qui ne revient pas. » Flaubert souffre-t-il vraiment pour Louise ou redoute-t-il plutôt une éventuelle grossesse ?

Sa correspondance ressemble à celle d'un homme qui passe chaque jour au peloton d'exécution. Deux femmes le tiennent en joue : sa mère et Louise. Car avec sa maîtresse ardente, c'est la convocation, dans un grand bouillonnement de toute l'enfance, de ses émotions qui agissent chez lui comme un arc électrique. Au bout du compte, elle n'est pas enceinte. Énorme soulagement de Gustave. « S'il fût venu, je l'eusse accepté avec moins de murmures et de plaintes que tu ne le croyais. Je crie beaucoup avant, peu pendant. J'ai la peur du danger tant qu'il n'existe pas. Une fois venu, je l'accepte sans y penser… Mais puisque l'événement a tourné comme je le voulais, tant mieux ! tant mieux, c'est un malheureux de moins sur la terre. Une victime de moins à l'ennui, au vice ou au crime, à l'infortune à coup sûr. Tant mieux si je n'ai pas de postérité ! Mon nom obscur s'éteindra avec moi et le monde en continuera sa route comme si j'en laissais un illustre. C'est une idée qui me plaît à moi que celle du néant absolu. Axiome : c'est la vie qui console de la mort et c'est la mort qui console de la vie. »

Flaubert est le Jésus de Croisset, cette crèche douillette, qui attire tous les regards et ne supporte pas d'autres enfants à côté de lui. À vingt-cinq ans, le personnage fantasque et rabelaisien est déjà un vieux garçon goûtant avec délectation la conversation de vieillards. Cet état que Flaubert qualifie d'« âpreté solitaire » sans la palpitation du cœur ou de la chair. Il joue au galérien enchaîné. « Ah ! si nous étions libres, nous voyagerions ensemble. C'est un rêve que je fais souvent, va. » Il se sent vulnérable. L'argent lui manque pour vivre pleinement un amour fastueux. Louise va l'obliger à dépasser son budget quotidien de libertaire. « C'est une des plaies cachées de ma nature mais plaie énorme. Je suis démesurément pauvre. » Et plus loin : « Je suis d'une cupidité excessive en même temps que je ne tiens à rien… Mon faible c'est un besoin d'argent qui m'effraie. »

Flaubert se débat avec ses problèmes, se noie. Il est dans une camisole de force. Louise, dans la vie. Son corps a des exigences. Elle se bat pour séduire, écrire, publier. C'est une mère, une amante. Elle est partout, curieuse et gourmande de tout. Flaubert poursuit sa recherche de l'unité. C'est à lui seul une colonne antique qui s'entoure en s'élevant autour de soi-même. Un an avant sa rencontre avec Flaubert, elle publie un recueil d'historiettes morales qui s'apparentent à la littérature enfantine. Les dédicaces à ses enfants en disent long sur sa personnalité. C'est une femme généreuse et aimante. « Ô chers et beaux enfants ! Ô doux oubli du monde !… »

Gustave et Louise se livrent au combat du cœur contre l'esprit. Si Flaubert sait se montrer d'une vraie générosité sentimentale avec ses amis, son cœur semble se dévorer de lui-même comme s'il développait une maladie auto-immune. D'ailleurs très vite il se met à sermonner Louise, fougueuse élève : « Enfant, ta folie t'emporte. » Mais l'enfant reste Gustave, surtout quand il s'érige en victime de la vie. « Puis-je quitter tout et aller vivre à Paris ? C'est impossible. Si j'étais entièrement libre, j'irais ; oui car toi étant là je n'aurai pas la force de m'exiler, projet de ma jeunesse et qu'un jour j'accomplirai. »

L'exil au soleil, renégat à Smyrne, nègre en Nubie, le bovarysme de l'ailleurs, ce rêve d'une vie plus légère, plus solaire, qu'il poursuivra toute sa vie. L'homme-muraille emprisonné dans sa statue de pierre. « Tu donnerais de l'amour à un mort, écrit-il le 11 août 1846 à Louise. Comment veux-tu que je ne t'aime pas ? Tu as un pouvoir d'attraction à faire dresser les pierres à ta voix. » Il y a de l'enfant mort chez Gustave, une névrose d'angoisse : « Je me brûle dans mon œuvre pour ne pas me brûler dans la vie. »

Louise perdra un de ses fils, Marcel, en 1850. Pauvre Louise, aimante amante à qui la vie arrachera amants et enfants. Elle se consumera dans la solitude.

Au cours de cette liaison, où Louise sera amoureuse et Flaubert bouleversé mais incapable d'affronter un tel séisme parce qu'on ne lui a pas appris à aimer, se déroulera une scène d'anthologie que l'on pourrait appeler l'après-midi de Mantes. Cette rencontre presque clandestine — du moins ignorée de Mme Flaubert — se situe à mi-distance entre Paris et Rouen. Elle est le point culminant de l'extase entre Gustave et Louise. Ils se connaissent depuis deux mois, se sont vus à Paris et échangent une correspondance où Gustave déverse son lyrisme. « Oui, je t'aime, je t'aime, entends-tu ? Faut-il le crier plus fort encore ? Mais si je n'ai pas l'amour ordinaire qui ne sait que sourire, est-ce ma faute ? Est-ce ma faute de ce [que] tout mon être n'a rien de doux dans ses allures ? Je te l'ai déjà dit, j'ai la peau du cœur comme celle des mains assez calleuse. »

Elle pense qu'il s'est fermé à la vie, à l'amour, aux amis. Il aime uniquement de façon épistolaire. Ils se retrouvent donc à Mantes. Gustave a préparé ce voyage et cette rencontre comme s'il s'agissait d'un fric-frac. « Moi j'ai pensé aussi, tu le vois, à nous réunir. Nous nous rencontrons toujours dans nos souhaits, dans nos désirs. Quand on s'aime, on est comme les frères Siamois attachés l'un à l'autre, deux corps pour une âme. Mais si l'un meurt avant l'autre, il faut traîner un cadavre à sa remorque. N'aie pas peur pour moi ; je ne sens pas l'agonie venir. Ce sera donc bientôt que nous nous reverrons. Il est arrangé que je ferai ce petit voyage aux Andelys (lisez Mantes). Comme il faut une heure et demie pour s'y rendre, et qu'une heure est suffisante pour voir le Château-Gaillard, je reviendrai coucher ici (c'est impossible autrement), mais par le dernier convoi, qui me prendra là-bas vers 10 heures. Nous aurons tout un grand après-midi à nous. »

Ce rendez-vous, Gustave le considère comme une concession : il donne l'aumône. Il a le toupet d'ajouter : « Es-tu contente de moi ? Est-ce cela ? Tu vois bien que lorsque je peux te voir je me jette sur la plus petite occasion comme un voleur à jeun, que je la prends à deux mains et que je ne la lâche pas. »

Flaubert ne veut surtout pas aller à Paris. Trop de temps perdu pour une baisade et sa mère pourrait se douter de quelque chose. Ils se retrouvent donc à l'Auberge du Grand Cerf. Aspect sexué de l'enseigne. Ils canotent au coucher du soleil comme deux romantiques. Vingt heures au bout du compte ensemble, c'est peu et en même temps l'apothéose, la seule parenthèse que Flaubert peut consacrer à une femme. L'unique moment où il semble s'abandonner. C'est aussi le point de conjonction d'une mise en scène très flaubertienne car Flaubert ne supporte pas l'imprévu. Deux amants à Mantes-la-Jolie, sur la Seine. Amarres et attaches larguées, sans famille et sans entrave. Ce sera le temple de la jouissance, un moment fulgurant. Louise en écrit un long poème. Gustave délace ses vêtements, l'embrasse sur les seins. Ils font l'amour : deux tempéraments fougueux. « Tous deux nus, tous deux sans entrave. Tous deux avides de jouir. Nous nous jetions ardents et braves. Le désir de nous assouvir. Deux langues dans la même bouche mêlaient d'onctueux lèchements. Nos corps unis broyaient la couche sous leurs fougueux éléments. »

Tous les lieux communs de l'amour y sont. Cette fameuse journée unique, héroïque, est aussi copieuse sur le plan gastronomique : perdreaux, écrevisses, raisins, pêches, vins de chablis. « Mords-moi, mords-moi », lui dit-elle quand il la prend. C'est Flaubert qui rapportera ces mots, dans sa correspondance. Ce fut à ses yeux « une grande saoulerie d'amour... l'orgie de mon cœur ». Mais pour Flaubert, au bout du compte, l'amour avec Louise restera une affaire de trains, d'indicateurs de chemins de fer. « C'est moi qui suis resté le dernier. M'as-tu vu comme je te regardais jusqu'à la fin ? Tu as tourné le dos, tu es partie et je t'ai perdue de vue. »

Flaubert aspire à retrouver son confinement de vieux garçon. Les lettres de Louise vont agir comme un coup de butoir qui s'efforce de défoncer la forteresse. En vain. C'est une pièce de théâtre, presque *Antony* de Dumas, qui se joue devant nos yeux. Gustave se dit remué par les lettres jusqu'aux entrailles. Louise, elle, veut aimer, rire, être occupée, remplie. Depuis longtemps Flaubert est plongé dans le néant, le pays des créateurs, celui qui permet de tout reconstruire (personnages, unions, roman, etc.).

Louise voulait que Gustave vînt vivre avec elle à Paris. C'est une femme pour qui l'amour doit être la force de vie. Elle ouvre ses bras à ses amants. « Il est des soirs de printemps où je voudrais embrasser d'une seule étreinte tous ceux que j'ai aimés car pour tous mon amour fut vrai et, s'ils l'avaient voulu, il n'eût jamais cessé. » Mais pour Flaubert, la chose est décidée depuis longtemps : l'amour est un sujet d'étude, parfois grave ou grotesque, mais une chose secondaire qui ne doit en rien perturber l'ordre des jours. Quant à la nuit, Flaubert travaille jusqu'à 3 heures du matin.

Gustave se conduira en goujat lorsque agacé d'être sollicité il fermera sa porte. Cet ours sentimental déteste rompre ses habitudes. C'est un lourd paquebot qui s'enfonce dans la houle. Accroché à son mât tel Ulysse il ne veut pas céder aux appels des sirènes qui passent sur la Seine. Comme dans les scènes amoureuses de ses romans, il s'enflamme toujours avant de conclure rapidement avec une pointe de cynisme aphoristique. L'amour chez Flaubert fait penser à une banalité. Faut-il de la patience à Louise pour endurer la tristesse acharnée de Gustave ? Il a le désespoir contagieux. Mais elle résiste de toute sa féminité. Lui essaie de montrer combien il se déteste, combien il est inapte à la vie. Voici sa déclaration de mort-vivant : « Qu'est-ce donc qui m'a fait si vieux au sortir du berceau, et si dégoûté du bonheur avant d'y avoir bu ? Tout ce qui est de la vie me répugne, tout ce qui m'entraîne et m'y replonge m'épouvante. Je ne voudrais être jamais né ou mourir. J'ai en moi, au fond de moi, un *embêtement* radical, intime, âcre et incessant qui m'empêche de rien goûter et qui me remplit l'âme à la faire crever. Il reparaît à propos de tout, comme des charognes boursouflées des chiens qui reviennent à fleur d'eau malgré les pierres qu'on leur a attachées au cou pour les noyer. Quand je t'ai crié dès l'abord, avec une naïveté que tu as peu appréciée, que tu te trompais, qu'il fallait m'oublier, que c'était à un fantôme et non à un homme que tu t'adressais, tu n'as pas voulu me croire. Il eût fallu me croire pourtant ! Tu me juges mal, va ! N'estime pas tant mon esprit, je ne vise pas à être un Goethe, parce que les chandelles pâlissent devant le soleil et, quoi que tu en croies, je ne m'efforce à singer personne, les grands hommes encore moins que d'autres. Quant à mon cœur, il a l'embouchure étroite et embarrassée, le liquide n'en sort pas aisément, il remonte le courant et tourbillonne. C'est comme la Seine à Quillebeuf, toute pleine de bas-fonds mouvants ; beaucoup de vaisseaux s'y sont perdus. »

Il y a là toute la philosophie flaubertienne de l'existence mais aussi le bouclier de protection : au diable les importuns ! Oui, Gustave est un fantôme, le fameux mort-vivant. Une part de lui-même n'est plus là, brûlée à la fois par l'amour impossible pour Élisa Schlésinger et par son attaque nerveuse. D'autres s'en seraient remis mais Gustave, hypersensible, s'est réfugié dans sa camisole, où il pouvait maîtriser — certes avec des larmes et de la sueur — ses personnages et sa mise en scène.

À vingt-cinq ans, il n'attend plus rien de la vie ni des autres. Mais ce qui est symptomatique aussi c'est ce dédoublement permanent. Deux êtres cohabitent en Flaubert : le bourgeois et l'anarchiste, l'Oriental et le Normand, le nomade et le sédentaire, le fou et le sage, le boulimique et l'anorexique. Il y a un frère mort chez Flaubert, l'enfant déçu, trahi, qui a rejoint à son tour les limbes. Et sa lettre de l'hiver 1846 répond à celle de l'été de la même année. « Celui qui vit maintenant et qui est moi ne fait que contempler l'autre qui est mort. J'ai eu deux existences bien distinctes — des évènements extérieurs ont été le symbole de la fin de la première et de la naissance de la seconde. Tout cela est mathématique. Ma vie active, passionnée, émue, pleine de soubresauts opposés et de sensations multiples, a fini à vingt-deux ans. » Et Flaubert prétendra aimer la vie, ouvrant les narines pour sentir les roses et les yeux pour contempler la lune. Jamais peut-être autant que dans sa correspondance avec Louise, Gustave n'a mis son cœur à nu. C'est son pacte autobiographique d'écrivain, sa profession de foi. Mais Louise ne le considérera que comme un égoïste. Elle comprend ses mots mais ne peut les

supporter. Flaubert finira par la traiter d'épilepti-
que. Il s'éloigne. Il ne veut plus d'une mer tempétueuse et d'orages alors que leur liaison avait été
placée sous le signe des éclairs.

XIII

Le 26 juin 1851, cinq ans après leur première rencontre, a lieu le voyage de Louise à Croisset : une procession sulpicienne. Depuis quelque temps, elle se sent humiliée par Gustave. « Manque absolu d'égard », lui écrira-t-elle. De guerre lasse, elle prend le train puis le bateau. C'est l'été, déjà l'automne de l'amour. Tout ce que nous savons de cette journée nous le tenons du mémento de Louise écrit le 27 juin. C'est un exemple de dignité outragée. Une scène d'amour qu'aurait pu écrire Flaubert dans *Madame Bovary*. Le manque d'amour et la muflerie de Gustave dans ses lettres empêchent Louise de dormir. Sa vie amoureuse avec Gustave est un tunnel. Elle va se le payer ! « J'arrive à Rouen. Beauté du panorama par un ciel bleu resplendissant. Je prends un fiacre au débarcadère. »

Le fiacre, le taxi de l'époque, est une mythologie moderne dans la vie et l'œuvre de Flaubert. C'est fou ce qu'on roule dans *Madame Bovary* (le fameux baiser de Léon à Emma). Louise explique au cocher qu'elle va à Croisset. « Justement j'y ai conduit il y

a huit jours M. F[laubert] et sa mère. » Mais auparavant, elle descend à l'Hôtel d'Angleterre. Cet
imposant établissement de trois étages qui donne
sur le cours Boieldieu entre les douanes et le théâtre
des Beaux-Arts servira de cadre à l'humiliation et à
la retraite. Boieldieu, le grand homme de Rouen,
compositeur d'opéras, musicien institutionnel dont
Louis Bertrand, l'auteur de *Flaubert, le mort-vivant*,
moquait l'omniprésence. À l'Hôtel d'Angleterre
Louise écrit une lettre désespérée où elle tente une
dernière fois de ramener Gustave à l'amour. Puis
commence le calvaire, le chemin de croix. Elle part
pour Croisset à la fin de l'après-midi. Elle a ajusté
sa toilette, essayé de manger quelque chose. « Je me
fais conduire à un bateau, je fais le prix avec un
vieux batelier, je lui dis que je ne reviendrai qu'à
minuit. »

On imagine une procession où Louise pose —
comme dans l'atelier de Pradier — à la proue. Sur
l'autre côté de la rive, le guerrier à la fois viking,
gaulois et chef indien. Il siège dans son antre, ce qui
nous vaut une description précise, riante de Croisset en contraste absolu avec l'âme noire et tour-
mentée de Louise. « Je ne veux pas aborder en face
de la maison, charmante maison à l'anglaise à un
seul étage au milieu d'un gazon vert, avec des quin-
conces de fleurs, en face de la Seine dont elle n'est
séparée que par une grille et la route. »

Louise se dirige alors vers une ferme où se trouvent deux femmes. L'une est sans doute la nourrice
de Caroline Hamard, la nièce de Gustave, qu'elle
tient entre ses bras. « Un bel enfant…, écrit Louise.

Je pense à mon pauvre Marcel. » Louise est une femme en deuil. Doublement. Deuil de l'amour de Gustave, deuil de la perte de son fils, mort l'année précédente. C'est peut-être l'élément le plus dramatique de la vie de Louise. Elle se tient droite. La plus vieille des deux femmes va porter la lettre de Louise à Gustave mais celui-ci « est à table avec des étrangers ». Il fait demander son adresse par la vieille servante. « M[onsieur] rejoindra M[adame] ce soir à huit heures si M[adame] veut bien lui donner son adresse, il est impossible que M[onsieur] reçoive M[adame]. »

Il lui bat froid, la tient à l'écart comme une groupie importune. Elle ne peut que caresser du regard la maison du grand homme. « Je veux du moins voir l'ensemble de ce frais cottage où il a passé presque toute sa vie ; je tourne devant la grille au bord de la Seine, je vois la maison blanche et élégante dont toutes les fenêtres sont ouvertes, la salle à manger où plusieurs personnes dînent. Sur le gazon aux bordures de fleurs est dressé un pavillon en coutil gris, sans doute pour l'enfant de sa sœur. Tout respire là le contentement. Je me recule comme mordue au cœur. M'a-t-il vue ? »

Il l'a vue et vient vers elle : « Que me voulez-vous, madame ? me dit-il avec rudesse. »

Elle veut lui parler, c'est impossible. « Eh quoi vous me chassez, vous croyez donc que ma visite déshonorerait M[adame] votre mère. » La mère toujours et encore là. Pointe l'hystérie sur tous les fronts. Gustave se ferme. C'est une muraille. Que sera-t-il sinon d'ailleurs qu'un enfant qui s'emmure ? Avant de s'ouvrir un peu au monde puisqu'il en ressent le vibrant appel. Il veut en découdre : « À huit heures, je serai à l'Hôtel d'Angleterre. »

Elle reprend le bateau : elle n'ose dire au batelier qu'elle a été éconduite.

« Silencieuse, assise à la proue, je regardais fuir Croisset et le bord de la Seine, mon cœur se gonflait d'amertume : il y a quatre ans, tant d'ivresse ! aujourd'hui, cet accueil !

Ce qu'on donne à l'amour est à jamais perdu.

« Je pensais à la dureté du riche et du fantaisiste. Ce que Gustave avait fait là eût été impossible avec d'autres principes. »

La vérité est là : Louise lutte pour gagner sa vie, ses amours, élever sa fille. Flaubert est reclus dans l'œuvre qu'il doit construire. Écrasée, Louise se perd dans des abîmes de mélancolie. Il ne l'aime plus. C'est l'horreur. Mais son instinct égoïste va l'aider. Il a détruit leur amour. Elle va l'épingler. Ce qui nous vaut une description colorée et exotique. « Quant à sa personne, elle m'a paru bien étrange sous son accoutrement chinois : ample pantalon, blouse en étoffe de l'Inde, cravate de soie jaune rayée de fils d'or et d'argent, moustache longue et pendante. Ses cheveux sont devenus rares et son front est légèrement plissé, quoiqu'il n'ait que trente ans. »

Son batelier rame pour rejoindre Rouen. Et lui, hop ! il saute dans le bateau à vapeur qui la dépasse et arrive avant elle. Il la distingue « malgré sa vue basse ». Il lui donne le bras. Il pourrait être reconnu dans cette foule compacte sur le cours Boieldieu. Puis ils entrent dans l'hôtel, chambre n° 1, au premier étage. Une chambre à bas prix. Il lui reproche ses coups de tête comme cette incursion à Croisset. Elle lui répond que ce voyage a été coûteux et que c'est un sacrifice. Elle lui expose ses choix de vie : épouser le philosophe Victor Cousin ou Auguste Vetter, un de ses nombreux amants. « Épousez le philosophe », lui dit Gustave.

Flaubert ne veut pas vivre à la colle. Il abat la carte de la neurasthénie. « Je serais un misérable de vous tromper, a-t-il répliqué. Mais je ne puis rien pour votre bonheur. Ni vous, ni une autre, rien ne m'attire. Je suis maître de mes sens, si je veux, durant un an entier. »

Défaite, étranglée par l'angoisse, Louise tente de faire front : « Il avait eu raison, il ne faut pas toucher aux cendres, à la poudre des reliques. » Gustave l'en conjure : « Épousez le philosophe, reprenait-il en riant, et nous nous reverrons. » Elle le raccompagne jusqu'au dernier boulevard de la ville. C'est une nuit d'été, resplendissante, pleine d'étoiles. Elle se sent poignardée après avoir tout fait pour ranimer cet amour défunt. Les portes de Croisset se ferment : il ne faut pas, en effet, toucher aux cendres. Gustave et Louise se reverront. « Lâche, conard et canaille », écrira-t-elle en 1855 au bas de l'une de ses lettres.

XIV

Le 7 juillet 2007, Gaston est transféré des soins intensifs, le secteur bleu, vers le secteur rose. Nous savons alors que l'effroi est derrière nous, qu'il vivra. Comment ? On ne le sait pas encore. Il a déjà derrière lui un mois et huit jours. C'est Sophie, la jolie infirmière aux cheveux bouclés, qui s'était occupée de lui lorsque nous avions cru le perdre quinze jours après sa naissance, qui se charge du transfert. Un cercle de l'enfer a disparu. Il ouvre les yeux maintenant. Son corps est désormais débarrassé de toutes les sondes qui le recouvraient comme un papillon épinglé. Il est nourri au lait par une paille. Le secteur rose même avec ses scopes dans les chambres ressemble plus à une maternité qu'à un hôpital. On a quitté les larmes et l'angoisse pour l'espérance. Sur la porte de sa nouvelle chambre est écrit au feutre son prénom comme lorsqu'il se trouvait dans le service de réanimation. Mais cette fois, je crois en ce prénom. Sur les murs du couloir, des vagues, une bouée, une église, images de l'enfance.

Camille et moi lui faisons prendre son bain, pendant lequel il flûte, c'est-à-dire qu'il expire en sifflant. Il désature encore avec des changements de teint mais il se montre formidablement vivant. Il a encore besoin d'une légère aide respiratoire par le nez. Ce sont presque des jours de douceur où nous avons le sentiment d'être des rescapés après avoir été de grands brûlés.

Un dimanche de juillet en rentrant de l'hôpital avec Camille, je tombe à la boulangerie d'un village proche de Sainte-Marguerite sur le docteur Hardy, notre pédiatre de famille. « Je peux vous parler ? » me demande-t-il. Il a assisté à l'accouchement de Camille et me raconte que la mort d'Arthur n'était pas inéluctable, que ses battements de cœur étaient normaux, qu'il a appelé le Samu dès son arrivée à la clinique, qu'il a vu une simple ambulance privée arriver. Il me décrit la débâcle qui a suivi et entraîné la mort d'Arthur, dont le malheur aura été de se trouver en seconde position, la panique du médecin accoucheur. Nous sommes comme des cons, sur le trottoir, avec chacun notre baguette de pain, en plein été, tristes et désemparés.

Je rapporte à Camille ma conversation avec le docteur Hardy et sur la route du retour j'explose de douleur. Ma belle-famille m'avait reproché d'avoir été à l'origine de l'accouchement prématuré de Camille, de l'avoir forcée à aller à Saint-Malo, d'avoir le nez dans le travail comme d'autres dans la cocaïne. Jamais je n'avais ressenti une telle injustice personnelle. Mais les paroles du docteur Hardy me font l'effet d'un tison. Je demande à Camille de raviver ses souvenirs. Elle me répète qu'elle a vu la panique dans le regard du médecin quand il n'a pas pu attraper Arthur par la main. Nous nous retrouvons tous les deux à la maison, abattus. Comme un retour de flamme, la colère fait de moi un meurtrier potentiel. Nous passons notre vie à commettre une série de meurtres, à tuer ceux que nous aimons ou n'aimons pas. Et les meurtriers jugés par notre société ne font que mettre au jour nos pulsions. Ils commettent et expriment ce que les autres escamotent ou dissimulent. Épuisés de chagrin, nous nous couchons, Camille et moi, main dans la main comme chaque soir : deux gisants l'un à côté de l'autre.

Mais Gaston est là. Il nous oblige à nous tenir debout, à traverser les brisants. Comme nos deux autres garçons. Il faut essayer de regarder l'avenir, cet oxymore. Gaston est en vie. Nous avons quitté le secteur bleu de la pédiatrie néonatale où chaque jour nous avons fait reculer la mort d'un pas. Gaston et ses lunettes à oxygène, Gaston et ses capteurs avec des oursons dessus. Un oisillon devenu un être humain. Nous assistons à une lente métamorphose, à un processus semblable à une greffe de peau où la vie gagne millimètre par millimètre.

Camille, ma femme, a les cheveux courts, un corps de nageuse, des jambes longues, des mains et des pieds sublimes. C'est peut-être de ses pieds aux ongles de nacre que je suis le plus amoureux. J'y vois la marque de son aristocratie. Elle est à la fois sage et innocente. Ses accès de tristesse, de chagrin, c'est moi qui les provoque. Elle est grave et raisonnable. Je suis sentimental et excessif. Elle tient le monde et ses désagréments à l'écart. Elle a dessiné autour d'elle un cercle pareil à une clairière, dans lequel personne ne peut pénétrer. Maintenant elle porte une longue cicatrice sur le ventre.

Dans les catastrophes dont on est à la fois l'acteur et le rescapé, on oscille entre culpabilité et accusation, chagrin et colère. Je veux comprendre l'enchaînement des événements. Quand le malheur entre dans une maison, affirme Sophocle, il frappe de génération en génération.

Le secteur rose, troisième étage à gauche. Il est un peu plus long à atteindre que le bleu mais le dédale du couloir semble plus doux et ensoleillé. On n'y a plus l'angoisse de retrouver son enfant mort. Chaque matin au réveil et le soir nous continuons à prendre des nouvelles au téléphone auprès de l'infirmière de quart. Tout n'est pas encore lumineux : il y a des désaturations, des ralentissements cardiaques. Un après-midi, à l'hôpital, alors que nous lui faisons prendre le bain, le visage de Gaston devient gris après une apnée. L'infirmière vient à la rescousse. Oxygène, stimulation. Sur quoi repose la vie ? Tous ses sens se développent entre lui et nous. Quand nous ne sommes pas là, il dort profondément. « Il s'ennuie de vous », dit l'infirmière.

Gaston doit rester à l'hôpital jusqu'à la date prévue du terme de la grossesse. Il aurait dû naître en septembre, sous le signe de la Vierge comme ses parents. C'est un taureau piqué par des banderilles qui ne l'abattent pas mais le font grandir. Les infirmières connaissent si bien les réactions des prématurés qu'elles sont à la fois dans la mécanique thérapeutique et dans une tendresse qui ne se subs-

titue jamais à celle de la mère. Elles nous ensei-
gnent les gestes pour le manipuler avec ses lunettes
à oxygène, lui donner à manger avec une pipette. À
la violence de la naissance, de l'expulsion se substi-
tue un univers de douceur, de concentration. Nous
sommes en secteur rose, entre deux eaux chaudes
après l'apnée de la réanimation et des soins intensifs.

Juillet : le temps des vacances. Les aînés sont
en Bretagne avec leurs grands-parents. Nous nous
retrouvons tous les deux, Camille et moi. Cet été-là,
nous ne prenons pas beaucoup de bains de mer.
Camille amaigrie, en pantalon de lin, avec son sac
de toile en bandoulière. Parfois, tout se réveille
comme des éclairs : l'accouchement, la mort d'Arthur.
Des larmes. Elle tient, tournée vers ce soleil encore
pâle mais bien présent qu'est Gaston. Comment
ressent-il l'absence de son frère, avec lequel il jouait
dans le ventre de sa mère ? Aujourd'hui, il pèse
1 821 grammes, les chiffres de l'année de naissance
de Flaubert.

Camille craint la canicule. Il n'y a pas de clima-
tisation à l'hôpital en secteur rose à cause des
infections qu'elle pourrait transporter. En fait, la
météorologie est mouvementée : ciels agités, vents,
grains, traînées nuageuses pareilles à d'immenses
cheminées. Et parfois une éclaircie radieuse. Tenue
d'été. Veste de toile. Nous respirons mieux. Gaston
va vivre. Des séquelles ? Peut-être. Il va devoir encore
subir des batteries d'examens. Le cercle se desserre.
Nous avons nos habitudes après l'hôpital : les cour-
ses autour de la place Saint-Marc, vers 19 heures.

L'émission à la radio sur l'anarchie. Et après la côte de Canteleu, quand la voiture prend sa vitesse de croisière, nous devenons silencieux, nous nous enfonçons en nous-mêmes et repassons les images de la naissance de Gaston, des premières semaines de vie. Nous regagnons le bord de mer, dont nous n'avons plus le temps de profiter. « Il n'y a rien de plus mélancolique que les beaux soirs d'été. Les forces de la nature éternelle nous font mieux sentir le néant de notre pauvre individualité » : Flaubert, Croisset, été 1864.

Nous franchissons le portail de la maison. Le rosier mauve dont j'avais arraché une fleur pour la mettre dans le cercueil d'Arthur semble vouloir nous agripper. Déjà en juillet, le massif perd ses fleurs. La maison est devenue froide, grise, elle qui était si gonflée de joie. Plus de sortie chez les amis. Envie de nous replier sur notre motu. Nous essayons de maintenir nos habitudes. Un dîner dans le jardin, quelques minutes dans mon bureau, des images du monde ou d'un film. Mais depuis l'accouchement de Camille je ne parviens pas à me concentrer sur un écran et je ne peux plus supporter une scène de violence.

L'édition va s'assoupir pendant les vacances. Chaque semaine, je continue à aller à Paris. Cela m'aide, me change de l'hôpital. Je ne trouve d'agrément qu'avec les hommes et les femmes qui ont connu une histoire similaire à la nôtre. Constance a perdu un fils à la naissance et elle se remémore devant moi les minutes de la tragédie. Olivier soutient sa fille qui se meurt d'une mucoviscidose et il demeure persuadé qu'elle tiendra. À mon tour, j'essaie de raconter notre histoire avec calme, distance. Tout va mieux maintenant puisque Gaston va vivre. Cette perspective nous sert de ligne d'horizon.

D'instinct, Camille a choisi la vie, le combat de Gaston. Son calme princier, l'altitude à laquelle elle vit ne cessent de me surprendre. Moi, j'ai un pied dans la défaite d'Arthur. J'ai le sentiment d'être un rameur, tiré par les eaux claires et aussi attiré par les eaux noires. L'homme est toujours mû jusqu'à un certain point par son instinct de survie. Mais je ne peux m'empêcher de me juger coupable de ce désastre, de m'interroger sur le sens de cette mort, de cette naissance foudroyante. Culpabilité typique du névrosé.

Une mort est clinique, scientifique pour les médecins. Ils en écartent la valeur symbolique, la part magique. C'est peut-être encore trop tôt pour lire le message du destin. Douceur réconfortante à passer en secteur rose. De voir chaque jour Sandrine, l'une des infirmières les plus proches de Gaston. Cette phrase inscrite sur les murs de la chambre, devenue pour moi un aphorisme sans musique : « Colchique dans les prés, c'est la fin de l'été. » Il n'y a pas de musique dans les chambres. Seulement les alarmes des scopes, moins électriques qu'en secteur bleu. Et la musique du soir que nous écoutons dans la voiture, cette bulle que nous traversons avant de revenir sur terre.

Le service de néonatalité est une plate-forme aérienne, une station dans l'espace où l'on se déplace un peu comme des cosmonautes en apesanteur avec d'infinies précautions quand il s'agit de manipuler ces petits coffres à trésor que sont les isolettes.

Au retour de l'hôpital, dans la voiture, cette musique française que nous ne cessons d'écouter : Fauré, Debussy, que Camille me demandera de lui offrir. Pour elle, une révélation. Elle ferme les yeux, incline la tête légèrement sur le côté. Je n'ai jamais deviné les songes de ma femme. Je pressens que ce ne sont pas des eaux tourmentées. Elle a toujours l'allure apaisée, ne me parle jamais de rêves terribles ou violents. De toute façon, ce qui passe par Camille est endurci dans le fond et adouci dans la forme. Camille a été foudroyée par une vague qui est passée sur elle. Elle s'est relevée. Il reste des traces de la vague.

XV

Je nous revois en février 2006 à Tangalle, au Sri Lanka, aux côtés de Philippe Gilbert, qui a perdu sa petite-fille, Juliette, dans le tsunami. Il a été emporté par le flot lui aussi mais a été miraculeusement sauvé. Nous avons traversé tous les trois ensemble le faubourg de Medaketiya et nous nous étions arrêtés devant une maison détruite. Il n'y avait plus que le sol en béton. Tout le reste avait été arasé. Sur deux chaises en plastique était assis un couple de Sri Lankais. Tout s'était fermé en eux alors qu'il n'y avait plus de mur debout. Ils avaient perdu leurs deux enfants dans le raz de marée. Ils étaient écrasés comme Job. C'est l'image que je conserve de cette vague.

Pendant huit jours, nous avons vécu au-dessus de Tangalle en apesanteur dans un hôtel presque vide, au milieu des bougainvilliers et face à la mer. Nous sommes devenus amis avec Philippe. Il n'a plus qu'une obsession : sauver et aider les pêcheurs de Medaketiya à reconstruire leur maison et à racheter des filets. J'admirais son énergie fébrile, cette façon de conjurer le chagrin, ses grands gestes de sémaphore. S'occuper des autres, s'oublier soi. Ce jeune grand-père n'avait rien pu faire pour sauver sa petite-fille qui jouait à l'arrière de son bungalow et il portait en lui la culpabilité du survivant. Sec, lucide, intelligent, il n'en faisait qu'à sa tête. Nous avons appris à nous connaître, à nous aimer. Chaque soir, nous téléphonions, Camille et moi, à nos enfants. Delphine, la fille de Philippe, et Jérôme, son compagnon, les parents de Juliette, se trouvaient dans le Bordelais. Comment faisaient-ils pour tenir ? Comment lire la mort de la petite Juliette ?

Philippe avait choisi l'île après une rencontre dans le métro avec un Sri Lankais qui lui avait paru lumineux. Il avait découvert Tangalle lors d'un voyage sac à dos. Il avait construit un bungalow en bord de mer. Son voisin, M. H. (ces initiales lui servaient de nom), était devenu son meilleur ami. Et sa fille, Osandi, la meilleure amie de la petite Juliette. La brune et la blonde. M. H., Osandi et la petite Juliette étaient morts maintenant. La vague avait détruit leur paradis.

Camille et moi, nous avancions sur la pointe des pieds à Tangalle. À l'époque, notre vie était calme, aimante. Nous n'étions pas dans un paysage de désolation. Autour de l'horloge de Tangalle, le village vivait sa vie. Il fallait aller dans le faubourg de Medaketiya pour découvrir le désastre qui semblait avoir été engendré par un monstre surnaturel, un animal d'un autre temps. J'avais proposé à Philippe d'écrire un livre. Et nos séances de travail l'obligeaient à revivre la scène de la vague. La vague, le naufrage du *Titanic*, les cendres d'un enfant. C'était toujours le même enchaînement. J'avais rencontré plus tard, près de Saint-Émilion, Delphine, la mère de la petite Juliette, et j'avais été frappé par sa dignité. L'année suivante Camille était enceinte de nos jumeaux. Nous avions fait le voyage de Ceylan et à notre tour nous avions perdu un enfant.

Souvent, je me répète que c'est le double en moi qui a trouvé la mort. L'autre, le compagnon secret, qui peut sortir la nuit et tout saccager. J'avais eu le sentiment pourtant en venant vivre à Sainte-Marguerite, au bord de la mer, de toucher du doigt l'unité tant recherchée. C'est peut-être aussi le moi du bonheur qui vient de partir en cendres. À moins que l'autre ne soit notre couple. Que sait-on de celui ou de celle avec qui l'on vit ? On lui colle son idée du bonheur, du désespoir, mais sommes-nous à l'écoute de son attente ? N'ai-je pas dit à Camille en arrivant à la clinique : « Surtout nous ne devons pas nous séparer » ? Nous avons fait ces enfants par amour. À quelles forces inconscientes avons-nous succombé ? Comment ai-je pu laisser le malheur pousser la porte de notre maison ? Ai-je secoué la vie au point de chasser Camille de son état contemplatif où elle aimait se réfugier ? Si nous nous étions installés en bord de mer c'était bien pour nous épargner le fracas du monde. Et soudain, j'entends le bruit de la tôle, effroyable. La littérature, ce feu, cette poursuite d'un absolu jamais satisfait, ce refus du monde tel qu'il est, avait consumé ma vie. J'avais la conviction que ma lecture de Flaubert dans laquelle je m'étais délecté comme un cochon s'ébattant dans sa boue avait détruit toute possibilité d'harmonie.

Le malheur a tailladé la vie de Flaubert : désespoir amoureux avec Élisa Schlésinger, crise d'épilepsie, mort de sa sœur Caroline, mariage puis mort d'Alfred, guerre de 1870. Le malheur ne l'empêchera pas d'écrire ses romans et sa correspondance. Il ne lâchera jamais le socle de l'écriture. Il est abattu, il tient encore la plume. De ses papiers et manuscrits il fait une camisole. Il se protège. Il n'a plus qu'une obsession : s'épargner le malheur, fuir le quotidien et ses détestables surprises pour se couler dans l'or des mots, cette pâte lourde que l'on peut modeler. La vie de Gustave, c'est la conscience éveillée de la mort immédiate. Il est le fils d'un médecin qui met en scène les macchabées. Et pour Gustave, cette conscience précoce de la finitude gouverne tout. Il a dépassé la tristesse pour transformer le désespoir en détermination. Il déploie une énergie terrible pour se moquer de la bêtise du monde.

La bêtise du monde ? Elle nous submerge. Quel orgueil ! Nous ne voulons pas faire partie de la masse mais nous appartenons au flot, à cette humanité dont on s'efforce en vain de se distinguer. Le temps se charge de nous verser dans l'entonnoir du plus grand dénominateur commun. C'est le propre du bourgeois de croire qu'il a une existence au chaud, protégée du malheur des autres. Rien de plus détestable que cette satisfaction d'épargnant quand d'autres s'écroulent autour de soi.

Qu'est-ce que le malheur pour Flaubert ? Le noir

désespoir. La perte des siens bien sûr mais surtout la phrase qui ne vient pas, l'écriture qui le juge et le ravage. Rien d'autre. Le désespoir face à la vie lui a donné l'amour du style. Tout est perdu, tout est donc à construire. Il y a des abattements terribles, des cycles où le fauve et son corps encombré et encombrant se traîne, là, accroché à sa table de travail. La joie semble avoir disparu de sa vie. Lui qui aimait l'« art de la blague » et qui dans le même temps disait avoir connu « une amère jeunesse ». Mélancolie : « Les vieilles blagues du temps passé quand nous étions plus gais et plus jeunes. » Le ressassement du temps aboli. La seule suspension.

Le temps qui échappe au désespoir, chez Gustave, c'est celui du voyage, où il lui arrive d'être d'humeur légère, joyeuse avec certes de graves rechutes dépressives. Gustave a trimballé sa « boule » sur le globe. Bretagne, Corse, Orient, l'apothéose : « C'est bien là l'Orient et le vrai voyage. Je jouis de tout ; je savoure le ciel, les pierres, la mer, les ruines, je casse-pète. Nous passons des journées sans desserrer les dents et absorbés côte à côte dans nos songeries particulières. Puis, de temps à autre, la bonde éclate. »

Voilà l'idéal de la position du Flaubert couché, sensuel, solaire, les yeux bleus ouverts sur l'immensité du ciel et la beauté du monde. C'est un Gustave du troisième type qui naît alors. Un peu « garçon », écrivain bien sûr, mais voyageur sensuel et joyeux qui sera le Flaubert adulte jeune. Personnage qui s'éloignera de lui parce qu'il veut s'enfouir dans l'écriture et son œuvre. Un Flaubert géographe des

territoires et paysages, excentré, qui sort de Croisset, cette campagne où il voit le monde par sa fenêtre. De voyageur tenté, il deviendra gardien de
phare installé. Lettre de Louis Bouilhet à Flaubert
écrite le 22 octobre 1864. Flaubert a quarante-trois
ans. « Mon cher vieux, si notre correspondance com-
plète tombe jamais entre les mains d'un étranger, il
y verra un assez sinistre échange de douleurs et de
désespoirs. Quand l'un cesse, une heure, de gémir,
l'autre hurle, et c'est comme cela depuis vingt
années, ce qui ne prouve pas un fond commun de
gaîté folle. Nous ne sommes pas gais, en effet, mais
il ne fallait pas prendre ce métier fatal, le plus horrible que je connaisse. »

De quand date ce désespoir ? Où en retrouver les
premières traces ? On ne devrait pas négliger les
écrits de jeunesse de Flaubert. Tout y est, jeté. Genèse
d'un grand écrivain. Au-delà des compositions d'histoire un peu forcées apparaissent une liberté, une
recherche de toutes les expérimentations à la fois
formelles mais aussi romanesques. Il faut lire *Quid-
quid volueris* par exemple écrit en septembre-
octobre 1837 alors que Gustave n'a pas seize ans.

Djalioh est le fils d'une esclave noire et d'un
orang-outan. Il a une apparence humaine mais il
est muet. C'est un être noir. Il est l'ami de M. Paul,
qui doit épouser Adèle, richement dotée. Se forme
alors un trio entre M. Paul, Adèle et Djalioh, secrè-
tement amoureux de la femme de son ami. Flaubert
oppose la bourgeoisie repue et contente d'elle à ce
sauvage. Mais le cœur pur, c'est lui, Djalioh. La
bête.

Flaubert est du côté de Djalioh, le meurtrier de l'enfant d'Adèle (Flaubert se délecte déjà de la mort d'un enfant, sujet on ne peut plus tabou), que celui-ci « fit tourner en l'air sur sa tête et [...] lança de toutes ses forces sur le gazon, qui retentit du coup ; l'enfant poussa un cri, et sa cervelle alla jaillir à dix pas auprès d'une giroflée ». Ensuite, « ivre d'amour » pour Adèle, il la viole, « râle de volupté comme un homme qui se meurt » avant de la tuer. Dans ce fait divers qui réjouit Flaubert, où se perçoivent déjà sa vision de l'amour et l'impossibilité à l'exprimer (Djalioh est muet), de l'horreur de l'existence humaine appréhendée ici comme un cauchemar que révèle la bête surgit aussi l'ironie du grand écrivain : à la fin du conte, toute une famille d'épiciers réunie autour du gigot s'écrie en commentant le crime : « C'est bien horrible. » Flaubert s'est toujours senti une bête en amour, bête physique hurlant à la jouissance mais bête muette et romantique incapable d'exprimer sa délicatesse.

Le nihilisme, Flaubert l'exprime radicalement dans ses premiers écrits, qui ne sont pas ceux d'un adolescent révolté. On a l'impression que Gustave a déjà vu la mort, l'enfer. Il est complètement déniaisé. Il y a non seulement la vision médicale de l'existence transmise par son père : maladies, mort, décomposition et même mouches sur les cadavres. Mais surtout le poids de la mort d'une sœur avant sa naissance et celle de son frère Jules-Alfred, le 29 juin 1822, soit sept mois après sa naissance. La joie ne peut exister dans sa plénitude chez les Flaubert. La fréquentation d'Alfred Le Poittevin, qui a lu les philosophes de l'Antiquité, notamment le Grec Lucien, sceptique et blasphémateur, n'arrange pas ces prédispositions. Tout est hypocrisie dans la vie selon le jeune Flaubert, « une ignoble farce » puisque le prêtre jette son Dieu pour entrer chez la fille de joie. Alors qu'il n'a pas dix-sept ans, il a une vision fataliste de la vie : « Ah ! le malheur ! le malheur ! le malheur ! voilà un mot qui règne sur l'homme, comme la fatalité sur les siècles et les révolutions sur la civilisation. » Il dédie à Alfred Le Poittevin *Agonies*, pensées sceptiques dont les premières pages sont composées d'une partie intitulée « Angoisses ». « Et qu'est-ce que le malheur ? la vie. » Il écrit ensuite *La danse des morts*, cette farandole où se retrouvent les empereurs et Satan. Tout est vanité. Ce chant de la mort, c'est la prière du jeune Gustave : « Oh combien de nuits, de siècles se sont ainsi passés ! J'ai tout vu naître et j'ai tout vu périr. »

Ce sera l'une des idées fortes de Flaubert : j'ai tout vu, tout connu. La conviction que l'humanité est défaite et que Satan a gagné. Que tout est avili. Flaubert n'étant pas croyant même s'il se dit catholique, il a édifié cette religion du style et on est sidéré par la force de ses descriptions de paysages, d'atmosphères. Début d'*Ivre et mort* : « C'était dans quelque bon gros bourg de Touraine ou de Champagne, le long de ces fleuves qui arrosent tant de vignobles, par une pluvieuse et froide soirée, alors que toutes les lumières s'étaient éteintes, et le cabaret du Grand Vainqueur resplendissait seul de clarté au milieu du silence et du brouillard. »

En fait, Flaubert est un mystique déçu, un religieux qui ne croit plus en Dieu parce que avec Alfred Le Poittevin il a miné toute superstition.

Plus tard, à vingt ans, c'est l'embêtement de la vie qui occupe Flaubert. Il est tantôt ours, tantôt huître. C'est la fermeture à un certain monde. Le désespoir de Flaubert : une tectonique de la faille.

Même enfant, Gustave ne chasse pas le bonheur, cette invention du XVIIIe jetée au visage des couples petits-bourgeois. À l'âge d'entrer dans la vie adulte, il emprunte la route de la nuit : celle de Pont-l'Évêque, où il subira une attaque nerveuse. Cet ours fut un homme de compagnie. Flaubert est une monade qui ne peut se passer d'une autre monade. Enfant, il est collé à sa sœur Caroline. Lors de son attaque, son frère Achille se trouve à ses côtés et le saigne. Il est toujours accolé à un autre, souvent d'une façon fusionnelle. Ainsi Le Poittevin est-il son jumeau littéraire, Du Camp son compère parisien, Bouilhet son frère de lait rouennais. Il y a en permanence une symétrie, un miroir, un double dans l'œuvre de Flaubert. Croisset et Paris. *L'éducation sentimentale*, roman parisien, et *Madame Bovary*, roman provincial. Bouvard, originaire de la Loire, et Pécuchet, accroché à la Seine. Les titres de ses écrits contenant le chiffre deux : *Deux amours et deux cercueils*, *Les deux cloportes*, *Deux mains sur une couronne*, *Les deux pirates*.

La toile de sa correspondance est une façon de rester accroché à l'autre. À partir de son attaque nerveuse, il ne sera jamais seul. De sa mère à Du Camp en passant par le concierge de l'Hôtel du Helder, on trouve un garde-fou. L'œuvre de Flaubert n'est pas hantée comme celle de Maupassant par le dédoublement mais le double ou le couple sont récurrents dans son œuvre. Même Félicité, l'héroïne d'*Un cœur simple*, est liée à son perroquet.

L'année où Flaubert meurt, 1880, le peintre Évariste Vital-Luminais — quel nom ! —, né la même année que lui, en 1821, mais le 13 octobre, expose au Salon *Les énervés de Jumièges*. Fils et petit-fils de notables parlementaires et de juristes, Luminais, avec son beau visage hugolien, vivra entre Paris, où il possède un atelier, l'Indre et Loire puis le Berry, humide et légendaire. Ses tableaux sont tournés vers le double : *Les deux désœuvrés*, *Les deux gardiens*.

En 1855, Maxime Du Camp écrira à son sujet : « M. Luminais a tout ce qu'il faut pour devenir un grand peintre et il le deviendra le jour où il aura une idée précise au service de laquelle il pourra mettre son talent. »

Son tableau le plus célèbre, *Les énervés de Jumièges*, fascinera les décadents fin de siècle comme Jean de Tinan et plus tard aussi Simone de Beauvoir. Selon la légende ce sont les deux fils de Clovis II qui en 660, alors que leur père était parti pour la Terre sainte, laissant le royaume à sa femme Bathilde, se rebelleront contre leur père. Condamnés à la peine de mort, ils seront graciés sur l'intervention de leur mère et « énervés » : on leur enlèvera les nerfs des jarrets. Errant sur un radeau aux allures de cercueil, accompagnés d'un serviteur, ils seront recueillis par les moines de l'abbaye de Jumièges — selon les historiens de l'époque mérovingienne, il s'agit plutôt de Tassilon, duc de Bavière, et de son fils Téodon qui avaient soulevé les Huns contre Charlemagne.

Flaubert aussi a été un énervé de la vie active. Son attaque l'a empêché de se confronter à la vie quotidienne. Il s'adonne à la contemplation. Dans le tableau de Luminais, la rivière ressemble à une mer de sable. Tout y est glauque, entre vie et mort avec au loin à l'horizon un point de lumière comme s'il y avait la possibilité d'une mer libre après la souffrance.

Quand ses amis viennent le voir, Jumièges est une des excursions favorites de Gustave. À vingt-quatre ans, il a fait le tour des abbayes avec Maxime Du Camp, qui raconte dans ses Mémoires que Flaubert avait eu l'intention d'écrire un roman sur les énervés. Le sujet était pour lui. « Parfois nous allions faire des tournées dans les environs de Rouen, à Saint-Georges-de-Boscherville, à Saint-Wandrille, à Jumièges et vers certains paysages qui sont très beaux dans les environs de La Bouille. C'est dans une de ces excursions que Flaubert, regardant, je crois, les vitraux de l'église de Caudebec, conçut l'idée de sa légende de saint Julien l'Hospitalier, de même qu'au milieu des ruines de Jumièges il annonça l'intention d'écrire l'histoire des énervés ; ce ne fut qu'un projet, mais qui lui tint au cœur, car il m'en parla moins d'une année avant sa mort. » En fait, le vitrail de Saint-Julien-l'Hospitalier se trouve à la cathédrale de Rouen.

Qu'exprime *Les énervés* ? La mélancolie bien sûr. Le soleil blanc de la défaite. L'impossible triomphe, le flux terrible de la solitude qui nous entraîne vers l'inanité.

Le soir, dans notre lit, épuisés par ces journées à l'hôpital, Camille et moi sommes deux énervés, l'un à côté de l'autre, dérivant dans l'obscurité qui point, sur la ligne du partage des eaux entre le chagrin et le grand calme du renoncement. Arthur et Gaston sont-ils aussi deux énervés foudroyés par les dérisoires batailles de leur père ?

Je songe à la phrase de mon vieil ami Pierre Talbot qui a perdu lui aussi un nouveau-né : « Les malheurs plus que les bonheurs forgent un couple. » Peut-être mon amour pour Camille n'a-t-il jamais été aussi ample. Je mesure l'étendue de notre vie commune, du désastre, comme si je prenais les mesures de la maison. Cette maison qui contient toute l'histoire de notre petite famille, d'où nous regardions la ligne d'horizon : « C'est trop beau, qu'est-ce qui va nous arriver ? » disait Camille.

L'été n'est pas caniculaire comme nous l'avions cru. Mais troublé, pluvieux, tourmenté, chahuté. Matin et après-midi, nous voulons être auprès de Gaston. Il est notre joie grave, cette ascèse auprès de laquelle nous allons nous recueillir, un combat qui nous élève.

Le secteur rose ressemble presque à une nursery. Les infirmières y sont plus âgées que dans le secteur bleu. Tout est plus calme. Moins d'angoisse, moins d'alarmes. La mer s'apaise après la tempête, une légère houle au levant…

Gaston grandit dans son lit en plastique transparent, légèrement surélevé. On lui demande déjà de se montrer « performant » face à la vie. Les médecins trouvent admirable sa façon de surmonter sa prématurité. Il devait sortir début septembre de l'hôpital et il est en fin de compte décidé qu'il sortira le 10 août. Il respire sans assistance et dans le même temps nous avons peur de l'extraire de cet étrange monastère.

Ce grand jour Camille prépare Gaston dans sa chambre pour ce nouveau voyage. Au moment où nous remplissons les formalités de sortie, j'apprends au téléphone par sa femme, Francine, que notre ami Ronald Moreau est atteint d'un cancer du poumon avec métastases osseuses, qu'il a été opéré dans la nuit par un orthopédiste qui a essayé de lui redonner la mobilité de ses jambes. Francine me raconte que les médecins ne lui ont laissé aucun espoir. Ils ont franchi à leur tour le premier cercle de l'enfer. Notre enfant s'apprête à découvrir le monde. Un ami est sur le point de le quitter.

Notre univers s'est médicalisé. Nous ne pouvons nous abandonner à la joie de la libération de Gaston. Nous allons remercier chacune des infirmières des secteurs bleu et rose. Nous sortons de l'hôpital un peu aveuglés, dans un état d'hébétude, regardons Gaston comme s'il était aussi le détenteur de la force et de l'âme de son frère.

XVI

À la maison, Gaston s'accroche à nous comme un koala suspendu à son arbre. Peau à peau, il dort tout contre nous une grande partie de la journée. La nuit, dans son lit, à côté du nôtre, il siffle, chuinte, pousse de petits cris d'animal, chante comme un primitif. J'ai l'impression d'entendre Jacques Dutronc à la fin des *Play-boys* quand il multiplie les onomatopées : crac, boum, hue. « Les enfants prématurés sont très bruyants », nous avait prévenus le professeur Marret. Nous nous réveillons au moindre de ses mouvements. « Respire-t-il ? » dis-je à Camille qui le ressent de façon si fusionnelle. Je me sens tout à coup aussi niais que Frédéric Moreau devant son enfant. Nous devons apprendre à respirer normalement.

Mon bureau au rez-de-chaussée de la maison, où j'avais écrit chaque jour, presque ébloui par le soleil, devait abriter la chambre des jumeaux. Nous avions acheté deux lits à barreaux. Au retour de Camille à la maison, l'un des deux lits a été effacé, escamoté par la pensée magique. Je ne savais même pas où il se trouvait.

À la fin du mois d'août, nos amis Antoine et Nathalie viennent nous voir. Il me semble que j'ai rencontré Antoine pour la première fois avec Bernard Frank au Galopin. Antoine et Nathalie vivent en Champagne, ont une dizaine d'années de plus que nous, trois enfants, mais leurs années de gauchisme les ont laissés d'une jeunesse intacte. Antoine est un grand photographe du noir et blanc. J'aime son orgueil non négociable, son intransigeance dès lors qu'il s'agit de son travail. Le reste du temps, il est d'une souplesse extraordinaire. Comme Nathalie, dont le calme, le sourire, la discrétion élégante nous ravissent.

Antoine et Nathalie roulent dans une Austin Mini, à fond la caisse. Nous avons l'habitude de nous retrouver dans la maison de nos amis Alexandre et Aline dans les Landes, toujours autour du 14 juillet. La première fois que je l'ai vue, je l'ai baptisée la maison du bonheur. « Une querencia », selon le mot d'Alexandre. Elle est à la fois trapue et aérée, entourée de palmiers, d'un séquoia et d'un cèdre du Liban. Dans la bibliothèque, celle du couloir au pied de l'escalier, si fraîche, je pioche des livres de la NRF — *Journal* de Martin du Gard, *Correspondance* de Jean Grenier — et dans le bureau où Alexandre s'enferme l'après-midi des ouvrages d'histoire — Churchill, Tilly.

J'aime m'installer un bureau de campagne dans la chambre du rez-de-chaussée avec vue sur le jardin. Le matin, Antoine et moi allons courir dans les odeurs de sable, de tourbe et de résine. Le reste du temps file entre la lecture, les repas autour de grandes tablées :

on parle politique, histoire, de l'air du temps, de la météo. On s'empoigne, on se moque à tour de rôle les uns des autres. On rit beaucoup : quelle drôle de connerie que la vie. On devient grave devant une bouteille de carbonnieux ou un flacon de bas-armagnac.

L'après-midi se dessine une ligne de démarcation entre les trois femmes, qui se retrouvent autour des transats, et nous, les mecs, qui balançons entre la somnolence du hamac, nos lectures, et l'arrivée du Tour de France. La lumière se confond avec la couleur du champagne dans une fusion tropicale au milieu des pins et des bambous.

Chaque été ensemble est une photographie de notre vie familiale, de notre état psychologique. La photo prise par Antoine de notre petite famille, où Camille ressemble à une vahiné, date de 2005 : année heureuse, pleine de soleil. Je ne me rends pas encore compte que ma vie est une course de haies et que sur le bord de la piste mes amis me regardent courir, mais vers le précipice, la mer des ténèbres. Et pourtant c'était l'été dans les Landes, la chaleur lourde d'un roman de Mauriac, les volets fermés, le temps retenu que nous ne retenons jamais.

Quand Antoine et Nathalie viennent dans notre maison de Sainte-Marguerite à la fin de l'été, le soleil est encore là. Gaston est enveloppé d'une couverture. Antoine saisit les photos de ce moment où nous nous passons Gaston dans les bras les uns des autres comme un témoin mystérieux. Au retour de la maternité, Camille a laissé pousser ses cheveux et porte le plus souvent des lunettes de soleil. C'est un été en noir et blanc.

Jamais nous n'avons croisé autant de jumeaux. D'heureux voisins en ont eu quelques semaines avant nous. Tout nous renvoie à notre drame quand nous voyons une poussette double, quand je coupe une échalote et m'aperçois qu'il y en a deux. Un poulet à cuire ou la mort d'un oisillon tombé du nid dans le jardin me rappellent les premiers jours de Gaston.

Le soir, une fois les enfants couchés, Camille me rejoint dans mon bureau de la dépendance. Elle s'approche de l'urne d'Arthur en murmurant des mots de regret. Est-ce supportable pour une mère ? Donner la vie et la mort dans le même temps.

Contrairement à moi, Camille n'est ni dans la mélancolie ni dans la superstition : elle évite la mort. Elle n'est pas croyante, trop élevée dans le scepticisme léger du philosophe Alain. Après la mort de sa grand-mère, elle avait eu cette phrase : « La vie, c'est un souffle. La mort, l'arrêt de ce souffle. » Elle est dans le moment présent, qu'elle sait appréhender avec fluidité. C'est un peintre aimant la lumière. Je ne l'ai jamais vue s'enfoncer que dans de grands romans comme *Guerre et paix*, *Les misérables*, *Oliver Twist*. Ce sont les seuls tunnels que je lui connais. Elle est une femme de gravité et d'écume.

Une des dernières épreuves que doit subir Gaston après son retour à la maison est un IRM du cerveau afin qu'on s'assure de l'absence d'hémorragie. Un début d'après-midi de septembre, nous attendons au sous-sol du pavillon pédiatrie du CHU. Nous retrouvons un jeune couple dont le fils a été hospitalisé en même temps que Gaston. Eux aussi sont en deuil d'un jumeau, mort huit jours après sa naissance. C'est un couple plus jeune que nous, blond et délicat. Tous les deux sont pharmaciens. Nous avons partagé l'épreuve, en nous regardant, en nous croisant, en parlant peu.

Il nous a été demandé de donner à Gaston un biberon avant l'examen pour qu'il dorme. Nous le posons sur une simple planche de bois et l'infirmière lui entoure le corps de bandelettes. C'est impressionnant : il ressemble à une petite momie. On ne voit plus que ses yeux et sa bouche. Je reste avec une technicienne près de l'IRM, cette fusée horizontale. La planche glisse à l'intérieur de l'appareil comme dans un sarcophage. Comment ne pas penser à Arthur quand son cercueil a été transporté vers le crématoire ? Je sens Camille vaciller.

XVII

En novembre, je retourne à Rouen. Dans une salle du Conseil général, rive gauche, se tient un colloque international à l'initiative de l'association des Amis de Flaubert, de Maupassant et du Centre Flaubert, sur le cent cinquantième anniversaire de *Madame Bovary*. C'est un immeuble triste et beige comme une journée d'automne où les feuilles tombent à la pelle. Grâce à Yvan Leclerc, notre saint Pierre des Études flaubertiennes, cette manifestation n'a rien de l'atmosphère pesante du colloque universitaire ; ouverture, générosité, drôlerie la colorent. Cela aurait pu être joyeux d'écouter ces conférences, de retrouver cette vieille Emma, d'entendre une communication sur sa sexualité. « Coexistent en elle deux phénomènes — une sexualité inassouvissable et un bovarysme développé — qui lui font choisir deux amants voire un mari d'un caractère médiocre. »

Mais ai-je vraiment la tête à penser au sexe ? Je m'éclipse. J'ai rendez-vous avec un responsable du Samu. Je dois écouter les bandes d'enregistrement de cette nuit de tempête.

166

À 14 heures, je me retrouve dans les locaux du Samu devant un homme d'une cinquantaine d'années, à la voix chaude. Un urgentiste qui connaît les horreurs du front. Il en reste quelque chose dans son regard. Il me demande d'abord des nouvelles de Gaston et de sa maman. Il est assis derrière son bureau et sur sa droite se trouve l'appareil numérique semblable aux éléments d'une chaîne stéréo qui permet d'écouter les enregistrements. Il prend quelques précautions avant de me faire écouter les bandes qu'il a entendues à plusieurs reprises : cela va être une épreuve, je vais replonger dans l'effroi de la naissance. Je lui dis que je suis prêt : je veux comprendre l'enchaînement des faits, puisque j'étais absent cette nuit-là, et pourquoi une simple ambulance privée avec deux brancardiers a été dépêchée à la clinique. À travers la fenêtre, je vois la cour de l'hôpital, et le début de notre conversation est couvert par l'atterrissage et le décollage de l'hélicoptère sur le toit du CHU.

Enfin, il enclenche l'appareil. Tout commence à 4 h 41 quand le docteur Hardy, notre pédiatre de famille, appelé d'urgence par Camille, téléphone de la clinique au Samu. On entend les tops sonores, la voix détachée du médecin régulateur essayant d'évaluer la situation : Camille a-t-elle ou non perdu les eaux ? Le début de l'enregistrement laisse entrevoir une confusion. Un premier médecin de la clinique dit oui puis un autre non. Il faut plus d'une heure pour que le fourgon pédiatrique du Samu de Rouen parte avec un médecin réanimateur à son bord s'occuper de la naissance du premier enfant. Mais pourquoi le Samu ne prend-il pas Camille en charge et ne dépêche-t-il pas un autre fourgon ? Parce que selon les procédures si elle a perdu les eaux elle ne peut pas être transférée vers le CHU. Or, Camille n'a pas perdu les eaux. D'ailleurs le médecin régulateur mande une ambulance privée, qui sera renvoyée par notre pédiatre car inadaptée au transport d'une femme sur le point d'accoucher. Pour la première fois, je visualise la scène du drame par la voix de ses protagonistes. Je ne sais même si je suis bouleversé. J'essaie d'être attentif, de saisir les rouages de la tragédie. Je pointe les incohérences : pourquoi le médecin accoucheur de la clinique ne parle-t-il pas une seule fois au médecin régulateur du Samu ?

Le responsable du Samu essaie de me démontrer que les procédures de son côté ont été respectées. Le médecin régulateur qui coordonne les secours est dans son rôle : calme, détaché, évaluant les moyens à mettre en œuvre. Mais pourquoi n'appelle-t-il pas les pompiers et le Samu de Dieppe qui se trouvent à côté de la clinique pour s'occuper du transfert de Camille ? La voix de la pédiatre de garde est exaspérée et exprime la résignation. Mais était-ce à elle d'évaluer l'état obstétrique de Camille ?

Et puis à 5 h 48, à bord du fourgon pédiatrique du Samu, émerge un homme dans la nuit. Dans cette tectonique où l'on perçoit que tout le monde craint d'être dépassé, un homme semble décidé à prendre la barre dans la tempête. C'est le médecin réanimateur. Il est accompagné d'une infirmière du service de néonatalité. Une voix qui pose des questions précises au médecin régulateur, qui anticipe. Il ne faut pas être prophète pour deviner que sur cette mer où les vagues se creusent, le vent se lève, le bateau va taper de plus en plus fort. Est-il normal que ce soit une simple ambulance privée avec deux brancardiers qui arrive à la clinique ? Si le Samu avait pris en charge Camille tout eût-il été différent ? Le fourgon pédiatrique arrive à destination.

À 6 h 01, le gynécologue de la clinique déclenche l'accouchement. Gaston sort du ventre de sa mère. Il est mis sous respiration artificielle, déposé dans une isolette. Le fourgon du Samu repart vers le CHU de Rouen. Juste avant la fin de la communication cette phrase terrible du médecin réanimateur à son collègue régulateur au sujet de la scène d'accouchement qu'il vient de voir : « C'est une merde noire... Il faudra qu'on en reparle. » Et puis plus rien.

J'imagine la panique dans les yeux du médecin accoucheur dont m'avait parlé Camille, le chaos, et me souviens des propos du docteur Hardy, quand il m'avait abordé pour tout me raconter. Entre son premier appel à 4 h 41 et le déclenchement de l'accouchement, Camille aurait pu être transférée vers le CHU. Il y avait le risque qu'elle accouchât en route. Si j'avais été à ses côtés, je n'aurais pas hésité à demander le transfert. Parce que le CHU m'est familier. Mais je n'étais pas aux côtés de ma femme cette nuit-là. Alors tout est vain.

Que s'est-il passé ensuite ? Le médecin essaie d'attraper le second jumeau par le pied. Il lui échappe. Lors d'une naissance gémellaire il peut se former un anneau de Bandl qui ferme l'utérus et empêche le deuxième enfant de sortir. Le médecin accoucheur n'a pas jugé opportun d'effectuer une césarienne dès le début. Paniqué, il appelle à la rescousse le patron de la clinique. C'est lui qui pratiquera une césarienne mais trop tard. Arthur aura cessé de respirer. Il sera déclaré « sans vie, des suites d'une douleur fœtale aiguë ». Je me suis souvent répété ces mots : « douleur fœtale aiguë ».

Nous réécoutons certains passages. Le responsable du Samu se montre pédagogue, dans l'empathie, alors qu'il a vraiment autre chose à faire que d'écouter un père se livrant à une reconstitution qui ne fera pas revenir son fils mort. Pourquoi voulons-nous toujours comprendre l'enchaînement des catastrophes au lieu d'accepter le *fatum* ? Pourquoi vouloir toujours rendre justice alors que la justice humaine n'existe pas et qu'elle a été créée pour nous donner l'illusion de la consolation ?

Le médecin du Samu tient à me montrer le fourgon pédiatrique qui se trouve dans le garage. Un fourgon à l'américaine, aux formes carrées. Pour un peu il m'inviterait à monter à bord comme dans un camping-car. En cas d'urgence il faut l'armer de son isolette. Cela prend du temps. On aimerait toujours que les secours arrivent plus vite. Nous exigeons tout des médecins, des infirmières et nous les oublions ensuite aussi impérieusement parce que nous voulons effacer les mauvais souvenirs.

Dans quel état suis-je sorti de cet entretien ? J'ai eu une terrible envie de téléphoner à Camille et de lui raconter. Je crois que je suis resté au volant de ma voiture sans démarrer immédiatement pour recouvrer mes esprits.

Je rentre vers Sainte-Marguerite, obsédé par la vision du fourgon pédiatrique. Je le vois roulant à vitesse vive mais pas excessive, gyrophare allumé mais sirène éteinte sur l'autoroute. Le médecin et l'infirmière se penchant sur Gaston. J'imagine notre fils subissant un ralentissement cardiaque. La descente vers Rouen, les embouteillages du matin. Les quais, les deux sens giratoires qui précèdent l'arrivée à l'hôpital, la direction des Urgences pédiatriques. L'isolette glissant sur le sol.

Notre famille et nos amis les plus proches tentent de me convaincre de ne plus penser à cette catastrophe, de renoncer à l'auscultation obsessionnelle du passé qui ne fera pas revenir Arthur. C'est pour moi tout simplement impossible.

Quelques jours après ma rencontre avec le responsable du Samu, je reviens à l'hôpital de Rouen. Cette fois j'ai rendez-vous avec le médecin réanimateur qui s'est occupé de Gaston pendant son transfert. Il porte le nom d'un historien de la littérature spécialiste du Grand Siècle et du romantisme. Nous avons rendez-vous à la cafétéria du CHU. La cafèt', c'est l'agora de l'hôpital. Un lieu ouvert dans un univers clos. Un restaurant self-service, un Relais H, un distributeur d'argent. Le personnel soignant y côtoie les visiteurs et les malades avec leur perfusion en déambulatoire. Les hospitalisés portent un pyjama bleu ciel frappé du chiffre de l'hôpital, les infirmières un pantalon-pyjama en nylon blanc, les internes un manteau bleu. Drôle d'humanité, calme, sereine, au cœur du désarroi. Outre les cimetières, il faudrait fréquenter plus les hôpitaux. C'est la meilleure thérapie pour les gens en bonne santé qui croient avoir des soucis. Notre vie commence et s'achève à un guichet d'enregistrement des entrées et sorties d'un hôpital. Au-dehors, chaque minute est un petit miracle.

J'avais eu dès notre premier échange de mails une profonde sympathie pour le médecin réanimateur. Il avait été le seul avec notre pédiatre de famille à avoir anticipé le drame. Gaston lui devait la vie. Il m'explique les relations difficiles entre le Samu et les cliniques privées, les cas désespérés qu'il est allé sauver in extremis. L'enjeu de l'argent dans la médecine privée. L'argent et la médecine, deux mondes parallèles qui ne devraient jamais se croiser. Et qui aujourd'hui se confondent et finissent par tuer.

Je commence à comprendre que mon fils est mort à cause de la lâcheté provinciale d'une clinique. C'est un film de Chabrol, ou une atmosphère qui rappelle *Sept morts sur ordonnance*, de Rouffio. Une organisation privée l'a tué. Le médecin n'est en rien responsable de l'accouchement prématuré de Camille. Mais pourquoi n'eut-il pas la sagesse de la transférer ? Pourquoi ses réflexes l'ont-ils empêché d'anticiper ? Il était tétanisé. La peur, sans doute. Comme chez tous les êtres humains. La phrase de Camille me hante : « J'ai vu la panique dans ses yeux. »

Je ne parviens pas à accepter les faits, preuve

d'une certaine bêtise. Je me rappelle aussi la phrase du docteur Hardy au sujet d'Arthur : « Le cœur de votre fils battait normalement. Il n'y avait aucune raison qu'il ne vive pas. »

De quoi me plaignais-je ? Gaston était en vie. Et j'avais compris implicitement dans le propos de certains amis que j'en avais toujours un sur deux, comme si c'était un rôti au kilo. Il me fallait sortir du ressassement, de cette terrible rumination de la défaite. Pourquoi étais-je obsédé par ce fourgon du Samu qui revenait dans de violentes apparitions ?

Aussi après ma rencontre avec le médecin réanimateur lui écrivis-je plusieurs fois pour le remercier et l'interroger sur le transfert de Gaston.

« Lorsque nous prenons en charge un bébé "prématurissime", comme ce fut le cas pour Gaston, nous sommes effectivement plongés et concentrés sur la surveillance car sortant à peine du ventre de sa mère, il se trouve immédiatement sans défense confronté aux diverses agressions du monde extérieur comme l'hypoglycémie, le refroidissement, les menaces d'infection. Les manifestations du rythme cardiaque en cours de transport peuvent avoir plusieurs causes comme la prématurité, l'hypoglycémie, les variations de la volémie (contenu sanguin à l'intérieur du corps) lors d'accélérations ou décélérations de l'ambulance. Voilà pourquoi le transport n'est pas toujours simple et c'est la raison pour laquelle je préviens les parents que tout peut arriver durant le transport dans les cas très instables. Vous voyez pourquoi le transport pédiatrique est stressant et n'intéresse pas les praticiens, car nous évoluons dans un milieu instable et inconfortable par rapport à un service habituel. »

Qu'y a-t-il à faire maintenant ? Réchauffer Gaston, l'aimer, aller vers la vie. C'est la sagesse même, la voie choisie par Camille.

XVIII

Quand Gustave et Maxime partiront en mai 1847 sur les routes de Bretagne, Du Camp aura déjà fait un premier voyage en Orient. C'est un homme d'action, d'engagement, aimant le feu, les femmes. Ce n'est pas un génie. Il le sait. Il n'est pas seulement l'écrivain parisien obsédé par la réussite et les convenances. C'est un conservateur picaresque, un pistolero au visage sombre et creusé de Grand d'Espagne. Sur les photos, une lame noire et solitaire.

L'amitié est chez Flaubert une chaîne, un billard à trois bandes où les boules se cognent l'une à l'autre, se répondent : le sexe, la littérature, la famille, les voyages, les joies et les deuils. Maxime est la tentation extérieure de Flaubert. Son voyageur par procuration. Avec sa coupe de cheveux romantique, Maxime n'est pas un lion de Paris comme il en a la réputation quand il débarque pour la première fois à Alger. Mais un lévrier à poil noir. Sur cette photo que l'on connaît de lui, qui figure en couverture de ses *Souvenirs littéraires* (lavallière, main gauche entre les boutons de la redingote, Légion d'honneur apparente), il ressemble bien à un chien racé et long, à ce lévrier persan âgé de neuf mois qu'un de ses anciens camarades de collège lui a offert à Smyrne.

Maxime est un lévrier lubrique obsédé par son vit, qu'il surnomme Thomas de Beauséjour. L'obsession du sexe chez Flaubert, Du Camp, Bouilhet et Le Poittevin s'explique naturellement par leur âge — une vingtaine d'années —, un goût de la transgression pour ébouriffer le bourgeois mais aussi par le sentiment d'appartenir à la même communauté phallique. Le sexe, dont le paysage — tentations, positions extrêmes, débauches — est le même depuis le début de l'humanité, permet de s'ériger en révolutionnaire du moi. Le premier voyage en Orient de Maxime Du Camp lui donne l'occasion de raconter sur le ton de la fanfaronnade ses exploits sexuels : besoins impérieux et tarifés. Il ne cache rien de ses actes, qui ne sont pas toujours à sa gloire. À vingt-quatre ans, il est porté sur la jeune débutante, à peine nubile, ce qui lui vaudrait aujourd'hui une plainte pour détournement de mineure.

Dans cette correspondance de jeunes gens, il n'est question que de coups tirés, d'éjaculations. Du Camp se lâche, se montre impudique : « Donne-moi des détails, lui demande Flaubert, beaucoup de détails intimes. Tu sais, cher ami, que c'est cela qui m'intéresse le plus... »

Deux éléments apparaissent lors de ce premier voyage en Orient de Maxime Du Camp : le manque des siens et plus fortement encore celui de sa grand-mère. Maxime dessine de lui-même une figure de chevalier errant. Il ne se sent ni léger ni inatteignable. Il a des dettes, contractées à Étretat.

Flaubert, lui, a commencé un long repli sur soi, qui est en fait le début de son chemin de croix vers le sacré. Quand Du Camp accomplit ce premier périple en Orient, il connaît Flaubert depuis un an. Ils se sont rencontrés en février 1843 grâce à Ernest Le Marié, un ancien condisciple de Gustave au lycée de Rouen. En janvier 1844, Flaubert a fait sa première attaque d'épilepsie. L'un va commencer sa retraite, l'autre s'ouvre à la vie et au soleil. « Comme toi, bien souvent, écrit Du Camp à Flaubert, j'ai rêvé une existence de solitude, de travail et d'art. Une vie à la Michel-Ange. Cela est impossible. Figure-toi par la pensée que tu serais sans famille et alors tu verrais. Pour toi, la force est le développement excessif de l'intelligence aux dépens du cœur, je crois que tu es dans le faux, et que l'homme fort est celui qui juge et pense par le cœur comme par l'intelligence, au reste je te donne rendez-vous au jour où tu auras des enfants. »

Ni l'un ni l'autre n'auront d'enfants. Quand on est un artiste, ne pas connaître l'expérience de la maternité ou de la paternité est un manque. On peut toutefois être un génie sans avoir été parent. Voyez Sartre. C'est une expérience pour un auteur moyennement doué comparable à l'écriture d'un livre mais qui serait animée, drôle, vivante. « J'adore les enfants et étais né pour être un excellent papa, écrira Flaubert à la fin de sa vie, mais le sort et la littérature en ont décidé autrement ! — C'est une des mélancolies de ma vieillesse que de n'avoir pas un petit être à aimer et à caresser. »

Dans un premier temps devenir parent fait entrer dans le rang. Mais cela ouvre aussi les yeux sur l'horreur de la société. Il faut avoir un boulot, gagner de l'argent, se battre sur tous les fronts. C'est aussi une école de la révolte, car la société semble indigne de nos enfants. Où est le courage ? Avoir des enfants ou renoncer à en faire ? Il est vrai que la maternité et la paternité sont souvent des miroirs égoïstes qui trompent notre vide, une vie creuse. Je me souviens d'une photographe américaine, très audacieuse, qui avait photographié les bas-fonds de New York, les prostituées en Inde. Nous étions ensemble en reportage au Cambodge. Elle m'avait confié que son mari et elle n'avaient pas voulu d'enfant de peur de sacrifier leur art.

Il y a un homme masturbatoire chez Flaubert et un homme coïtal chez Du Camp. Leur vie sera un échange permanent sur l'état de leur gland, de leur vit. La sodomie est leur obsession. Pour eux prendre une femme, c'est la posséder par les fesses. Il y a des scènes épiques dans les lettres de Maxime — peut-être ce qu'il a écrit de meilleur — quand il raconte ses cavalcades, ses chevauchées libertines. Du Camp est souvent l'amant de femmes mariées.

Du Camp est obsédé par le sexe comme un écrivain bourgeois. Il a l'impression de se comporter en révolutionnaire — il combattra d'ailleurs aux côtés de Garibaldi pour l'unité italienne. À la vérité c'est un homme de son temps, bourgeois tempéré, égoïste avant tout.

Flaubert ne parlera de sexe dans ses lettres que pendant ses jeunes années. Ce jeune homme magnifique qui aurait pu se marier avec les plus belles femmes de son temps fait l'offrande de son corps et de son âme à la littérature. Seule l'œuvre de marbre peut conserver tel un sarcophage cette beauté friable, menacée par les jours et donc la pourriture. Pour Flaubert, la vie se vautre dans le foutre, la boue, la mort. Sa liberté, il va la trouver dans la solitude, le recueillement, le silence. Là, étonnamment, dans ce qui pourrait ressembler à un repli dépressif, il va se déployer tel un aigle. Il y a une blessure des nerfs, bien sûr, dans laquelle il n'est pas interdit de voir une somatisation. Mais ce qui est une épreuve, le sabrage des jarrets d'un pur-sang, Flaubert va le transformer en joie. Bien sûr c'est laborieux, long : des larmes, de la sueur. Au bout de la route dans la nuit, il y a la renaissance.

Flaubert n'est pas une danseuse. C'est un admirable chef d'orchestre qui dirige le bal d'une main de maître. Une main brûlée — on se souvient qu'il en porte une cicatrice — mais volontaire et d'une force terrible. Flaubert a un côté bagnard, fort comme Jean Valjean quand il s'agit de soulever un carrosse. Il va à l'essentiel. Allons, pas de tergiversations : la vie est horrible, on peut bien en rigoler, mais pas de perte de temps dans la comédie, les revues, les journaux, les mondanités, pas le temps ! Certes on le verra dans la *Revue de Paris*, dans le salon de la princesse Mathilde : il entrouvre la porte mais ne laisse jamais personne pénétrer sa forteresse. C'est un être plein d'attachements qui va apprendre le détachement, seule solution pour endurer la vie quand on veut écrire. Le vulgaire peut appeler cela de l'égoïsme. Mais jusqu'à sa trentième année, c'est-à-dire 1851, où il rentre de son expédition en Orient et où il commence le plan de sa *Bovary*, « Flaubert le jeune » accepte le principe du voyage comme divertissement même s'il s'emmerde ferme parfois sur les routes.

Le feu de sa maison le retient mais la tentation du Sud, de l'Orient le taraude. Dans sa quarantième année, le 19 juin 1861, il écrira à sa nièce Caroline : « Tu n'imagines pas comme je suis content de voir que les voyages te plaisent ! N'est-ce pas que c'est une sorte de vie nouvelle qui vous est révélée ? Comme on respire bien dans les pays inconnus ! et comme on *aime tout.* »

Il y a chez Flaubert le désir d'attaquer l'escalade de la vie par la face sud : les sens, la jouissance, le soleil et le chemin des muletiers. Mais il choisira en ayant très tôt conscience de son destin solitaire la face nord : la voie glacée du repli sur soi et de l'écriture. En voyage il sera toujours en cordée — une vraie caravane. À Croisset, seul dans son bureau, même si Maman est derrière la porte.

Donc « Flaubert le jeune » a le rêve de courir les routes. Le 22 août 1840 — il a été reçu bachelier le 3 — il part avec le professeur Jules Cloquet pour une expédition dans les Pyrénées et en Corse. Toujours un chaperon avec Flaubert ! Car la solitude est redoutable et les dangers nombreux sur les routes. Jamais Flaubert n'a été plus l'« idiot de la famille » qu'en voyage. Il traverse une sorte d'hébétude. Lui, l'homme de livres et de cabinet, est presque ivre au grand air.

Flaubert n'a pas encore dix-neuf ans. Le début de l'itinéraire est le même que celui qu'il empruntera cinq ans plus tard avec Du Camp pour rejoindre la Bretagne : Orléanais, pays de la Loire. Après Longjumeau, Montlhéry, Blois, Tours : « Honnête pays, paysages bourgeois, nature comme on l'entend dans la poésie descriptive ; c'est la Loire, mince filet d'eau au milieu d'un grand lit plein de sable, avec des bateaux qui se traînent à la remorque la voile haute, étroite et à moitié enflée par le vent sans vigueur. D'un autre côté, et sous un certain point de vue de symbolisme littéraire, ce pays m'a semblé représenter une face de la littérature française. »

Ce beau jeune homme écrit tous les jours, comme un professionnel. Tantôt son journal de voyage, tantôt sa correspondance. Le récit de voyage n'est pas ce que Flaubert a laissé de meilleur, loin de là. C'est d'un ennui profond quand il se livre aux descriptions des pierres, des monuments, mais riche d'enseignements sur sa personnalité. Il s'appuie sur ses admirations, Rabelais, Montaigne, dont il croise l'ombre pendant ses étapes.

Comme Victor Hugo, Flaubert est un homme océanique. Il se méfie des paysages de rivière, ressent l'appel de la mer. Elle apparaît très peu pourtant dans son œuvre romanesque, sauf dans *Un cœur simple* comme une possibilité de libération. Elle a façonné l'écrivain puisque c'est le lieu fondateur, la rencontre avec Élisa Schlésinger sur la plage de Trouville. Tout a commencé sur une plage pour Flaubert.

Il sera donc toujours attiré par l'océan. Et par cette bande de sable où l'on devient nécessairement orientaliste par contemplation. Flaubert est un promeneur de grèves et un nageur. Épisode extraordinaire sur lequel personne ne s'attarde et qui se déroule à Biarritz, étape de ce voyage dans les Pyrénées. Gustave se promène sur la plage dans l'espoir d'y voir « beaucoup de naïades ». Il entend un baigneur qui appelle au secours pour deux hommes qui sont en train de se noyer. Une femme, qu'il imagine être la mère des deux malheureux, se précipite vers lui tandis qu'il se déshabille pour porter secours et l'aide à déboutonner ses bottines. Elle le comble de bénédictions et d'encouragements : « Je me suis mis à l'eau assez vivement, mais avec autant de sang-froid que j'en ai quand je nage tous les jours, et si bien que, continuant à nager toujours devant moi dans la direction que l'on m'avait indiquée, j'avais fini tout à coup par oublier que je faisais un acte de dévouement. »

Le premier nageur est apparemment sauvé mais il succombe sur la plage. Et même si les vagues ne sont pas trop fortes selon Gustave, le second périt. Fatalisme sec : « C'est fini, me dit mon compagnon, il est noyé ! » Les deux sauveteurs regagnent le rivage : description précise de l'orage qui menace, des vagues pleines de mousse. Il est entouré de commères qui crient, pleurent comme des flagellantes : « Elles répétaient toutes : "Ah mon Dieu ! mon Dieu ! La pauvre mère qui les a nourris !" »

La journée se passe. Après l'orage, Flaubert se promène jusqu'au phare. Et le soir : « Je revins à

Biarritz pour reprendre mon pantalon qui devait être sec et que je repassai mouillé... Ce fut là ce qu'il y eut pour moi de plus tragique dans l'aventure. »

Nous avons bien lu. Deux morts sur les bras à dix-neuf ans. Et Flaubert n'est pas le moins du monde bouleversé. Nous autres aujourd'hui, à qui la vision de la mort est dérobée sans cesse car il ne faut pas freiner le grand marché de la consommation, nous sommes traumatisés si nous voyons deux morts sur la route par exemple. Bien sûr, Flaubert ne veut pas céder au sentimentalisme larmoyant mais tout de même : le paysage le rend plus sensible que les hommes. « Ainsi le jour même, au crépuscule, je marchais le long des flots comme il m'était si souvent arrivé à Trouville, à la même saison et à la même heure ; le soleil aussi se couchait sans doute là-bas sur les flots, mais ici la mer était bleue et douce, le vent était tiède et l'orage s'en allait. »

Après l'Atlantique ce sera l'extase de la Méditerranée. Cette mer qui semble à l'opposé de la vie de Flaubert et même de son œuvre a pourtant chez lui une forte portée symbolique. Flaubert l'admire, l'idéalise, comme une femme splendide, trop belle pour lui. Qu'est-ce que *Salammbô* si ce n'est le roman de l'au-delà de la Méditerranée ? Oui, tout Normand rêve après l'épopée des croisades de se faire roi en Sicile. Ce tropisme solaire est l'antidote aux pommes, à la mélancolie normande.

Pour lui, la *Mare nostrum* « a quelque chose de grave et de tendre qui fait penser à la Grèce, quelque chose d'immense et de voluptueux qui fait penser à l'Orient ». Elle ranime son goût de l'antique, son étude des Anciens. Cet azur aiguise ses sens, son esthétisme. L'horizon est rose. Tout brille, tout est éblouissant. Et Flaubert a besoin d'être ébloui. Ce n'est peut-être qu'au Sud qu'il sera à ce point admiratif de la nature. La Normandie qu'il connaît trop lui semblera à la longue si monotone qu'il préférera le feu de ses phrases aux paysages de la Seine. Il en oubliera sa géographie natale pour se focaliser sur la bêtise des Normands.

Chez Flaubert il y a peu de bonheur dans l'action mais du plaisir dans la nostalgie de celle-ci. Pour lui le voyage vaut surtout par son retour. Être auprès de sa cheminée en Normandie et se souvenir. Que retenir de ce périple dans les Pyrénées ? Flaubert ne suit pas le *Guide du voyageur* : l'« intéressant » l'ennuie, et le très curieux l'« embête ». Il écrit tous les jours, sur son lit, sur sa malle. Mais ce voyage initiatique est surtout l'occasion d'une rencontre avec une femme enflammée, Eulalie Foucaud. Témoignage des frères Goncourt : « Au coin de son feu, Flaubert nous raconte son premier amour. Il allait en Corse. Il avait simplement perdu son pucelage avec la femme de chambre de sa mère. Il tombe dans un petit hôtel de Marseille, où des femmes, qui revenaient de Lima, étaient revenues avec un mobilier du XVIe siècle, d'ébène incrusté de nacre, qui faisait l'émerveillement des passants… Un jour qu'il revenait d'un bain dans la Méditerranée, emportant la vie de cette fontaine de Jouvence, attiré par la femme dans la chambre, une femme de trente-cinq ans, magnifique. Il lui jette un de ces baisers où l'on jette son âme. La femme vient le soir dans sa chambre et commence par le sucer. Ce furent une fouterie de délices, puis des larmes, puis des lettres, puis plus rien.

« Plusieurs fois, il revint à Marseille. On ne sut jamais lui dire ce qu'étaient devenues ces femmes. »

De cette extase et déception, il construit une histoire de la dépression, *Novembre*. Dans ses textes autobiographiques la mort est le personnage pivot autour duquel se distribuent les rôles et les états d'âme. « Je suis né avec le désir de mourir. Rien ne me paraissait plus sot que la vie et plus honteux que d'y tenir »…

Voici donc les émois du jeune Flaubert, incapable d'aimer la vie — « Ce n'est pas digne de s'intéresser à tant de niaiserie » — mais s'enflammant au moindre brandon jeté sur les sens. « J'aimais pourtant la vie, mais la vie expansive, radieuse, rayonnante ; je l'aimais dans le galop furieux des coursiers, dans le scintillement des étoiles, dans le mouvement des vagues qui courent vers le rivage ; je l'aimais dans le battement des belles poitrines nues, dans le tremblement des regards amoureux, dans la vibration des cordes du violon, dans le frémissement des chênes, dans le soleil couchant qui dore les vitres et fait penser aux balcons de Babylone où les reines se tenaient accoudées en regardant l'Asie. »

« Une ratatouille sentimentale et amoureuse », c'est ainsi qu'il qualifie *Novembre* le 22 janvier 1842, l'année de la rédaction. Il y a dans cette *novella* toute la névrose flaubertienne de l'angoisse de la mort, de la haine de l'existence mais aussi du frisson froid de l'échec. C'est un texte funèbre sur toutes les pubertés : celle du cœur et du corps. Flaubert y conte son amour des putains et des bordels tout en transfigurant une histoire de cul en passion déçue.

Le narrateur et Marie, une prostituée, se racontent leur vie. Elle lui prend une mèche de cheveux. Pour un peu, ils se promettraient l'amour éternel. Et puis il ne la revoit plus. Marie a disparu.

Le sexe, rien de plus passionnant à décrypter dans l'œuvre et la vie du grand écrivain. Un voyage de garçons n'a de sens que s'il y a une rencontre féminine, une découverte de corps étrangers. Avec Eulalie Foucaud, il transforme un éclair sexuel en grande histoire d'amour déçue. La fameuse névrose de mélancolie de Flaubert.

Quand il se confie aux Goncourt, on sent la bravade du garçon parlant de sexe avec des mots crus pour le neutraliser. Mais, plus jeune, quand il décrivait Eulalie les mots transformaient le foutre en larmes d'or.

XIX

Après tout, Flaubert aurait pu être un écrivain voyageur. Du moins le voyage aurait-il été peut-être une solution à sa névrose. Une fuite somme toute agréable. Maxime Du Camp a dilué son existence dans le transport et les mondanités. Et ce n'était pas si mal. Flaubert ne rêvera que du voyage. Comme tout vrai névrosé il bovaryse l'exotisme et revient vivre non seulement sur la terre de la blessure originelle — là où il eut une terrible attaque nerveuse, là où il enterra ses morts — mais plus encore dans la maison familiale, à l'étage de sa mère. Trop de strates, trop de couches. Pourquoi un écrivain retourne-t-il toujours sur le lieu des origines, là où tout se joue en quelques mois. Des éclairs encore ! Il faudrait partir, ne pas rester dans ce nid de guêpes qu'est la géographie de l'enfance. Mais c'est une source de l'écriture.

Pourquoi Flaubert s'est-il emmuré à Rouen, terrassé par la province, la bourgeoisie, l'étroitesse ? Parce qu'il n'y a pas de solution. Il lui fallait être à l'écart de tout, se préserver. Se paralyser pour mieux s'envoler. S'enfoncer au plus profond de la grotte et découvrir le filon d'or. Incapable de s'occuper du moindre détail matériel, il n'aurait pu rouler sur les routes sans aide ni assistance. Le voyage, c'était un rêve pour lui. Inaccessible. Parfait. Se rendre compte qu'il y a un complot autour de soi. Des forces obscures qui vous empêchent d'être libre, heureux. Ainsi le grand oiseau reste-t-il vissé à son bureau. Un homme en lui est mort, le terrien, un autre, l'aérien, s'envole.

Gustave, écrivain normand ? Allons, soyons raisonnable. Pourquoi à mon tour suis-je revenu en Normandie ? Comme si cette terre m'aspirait, bouffait mon énergie et dans le même temps me revigorait. Pour échapper au temps et à la vie sociale, cela est sûr, pour ne pas oublier le printemps et ses parfums, les chemins de campagne qui mènent tous à la mer.

La liberté n'est jamais en province, dans la glaise, mais vers l'océan, l'ouest, le voyage. Revenir, c'est assassiner ou s'empoisonner. J'aime Paris et les villes quand on peut y vivre en dilettante, en promeneur contemplatif, pas en agent économique. Un écrivain né en province c'est un aller et retour permanent entre Paris et sa terre natale. Et en repoussant le voyage comme alternative au désespoir du terroir, Gustave a refusé la dilution, le divertissement de l'exotisme pour se concentrer sur une solitude de moine aux écritures.

Sans Maxime Du Camp, il n'aurait peut-être même pas bougé de Croisset. Tout au plus l'Italie, où il servit de chaperon à sa sœur Caroline en voyage de noces, et à Londres, où il finit par avoir ses habitudes avant l'âge de la forclusion. Un axe Londres-Milan banal pour un bourgeois du XIXᵉ siècle. Difficile donc d'imaginer Flaubert en écrivain voyageur, trop accroché à ses livres, à sa bibliothèque, à ses manies de vieux garçon. Dès qu'il sort de son cabinet de travail, il trimballe son sac de larmes. Comme une bombe qui lui exploserait au visage. Il est volatilisé. Il est un Oriental en pleine sidération, les yeux rougis, regardant l'horizon comme un Africain mâchant une herbe hallucinogène lorsque le soleil rougeoyant se déverse tel un encrier dans le ciel. Voici une photo de Gustave en voyageur : « Nous revenons par le désert. Campés à Philae, samedi, dimanche et lundi — je ne bouge pas de l'île et je m'y ennuie — qu'est-ce donc, ô mon Dieu, que cet<te> <ennui>, <lassitude> permanente que je traîne avec moi ! [Partout !] Elle m'a suivi en voyage ! Je l'ai rapportée au foyer ! La robe de Déjanire n'était pas mieux collée au dos d'Hercule que l'ennui ne l'est à [la] ma vie ! Elle la ronge plus lentement, voilà tout ! Lundi, khasmin crâne — les nuages sont rouges —, le ciel est obscurci, le vent emplit tout de sable — on a la poitrine serrée, l'esprit triste — dans le désert ce doit être affreux. »

Affreux ! C'est le mot. Effroi, affres, malheur. Voilà comment Flaubert appréhende le voyage. Mais il a besoin de cette mort pour écrire un chef-d'œuvre. N'oublions pas : après son voyage en Orient, il se lance dès septembre 1851 dans *Madame Bovary*.

Alors que Maxime Du Camp se développe sur les terrains d'opération extérieure, Gustave, lui, s'enroule autour de sa névrose. Dépression de Gustave contre exaltation de Maxime. Témoignage de ce dernier sur son compère de voyage : « Le mouvement, l'action lui étaient antipathiques. Il eût aimé voyager, s'il eût pu, couché sur un divan et ne bougeant pas, voir les paysages, les ruines, et les cités passer devant lui comme une toile de panorama qui se déroule mécaniquement. Dès les premiers jours de notre arrivée au Caire, j'avais remarqué sa lassitude et son ennui ; ce voyage, dont le rêve avait été si longtemps choyé et dont la réalisation lui avait semblé impossible, ne le satisfaisait pas. Je fus très net ; je lui dis : "Si tu veux retourner en France, je te donnerai mon domestique pour t'accompagner." Il me répondit : "Non, je suis parti, j'irai jusqu'au bout ; charge-toi de déterminer les itinéraires, je te suivrai ; il m'est indifférent d'aller à droite ou à gauche." »

Pour Flaubert, sortir c'est mourir un peu. S'il y a du mouvement, un balancement du bateau ou une promenade à cheval, alors le décor devient supportable. Ainsi à bord du bateau entre Malte et Alexandrie : « Repartis de Malte le samedi soir à 6 h après un dîner très gai à bord — le bord me chérit, je dis beaucoup de facéties je passe pour un homme très spirituel. » Car Flaubert et Du Camp sont deux gaillards vifs et égrillards, aimant la badinerie, la plaisanterie. Mais oui, le sexe, bien sûr. Le cul sous toutes ses formes. Le gamahuchage, la sodomie, la branlette, le coït au soleil. Tirer son coup, voilà une affaire plus divertissante que les vieilles pierres. À Malte, Du Camp selon Flaubert « a des excitations à propos d'une négresse qui puisait de l'eau à une fontaine. Il est également excité par les négrillons. Par qui n'est-il pas excité ! ou pour mieux dire, par quoi ? »

Deux garçons de vingt-huit et vingt-neuf ans, en Orient, sous le soleil, en pleine tentation exotique. C'est une montée de sève sur le Nil. Il faut explorer les sources du désir. « Puisque nous causons de bardaches, voici ce que j'en sais. Ici c'est très bien porté. On avoue sa sodomie et on en parle à table d'hôte. Quelquefois on nie un petit peu, tout le monde vous engueule et cela finit par s'avouer. Voyageant pour notre instruction et chargés d'une mission pour le gouvernement, nous avons regardé comme de notre devoir de nous livrer à ce mode d'éjaculation. »

Flaubert et Du Camp s'adonnent à la volupté des bains, à la dilatation des pores. Des kellaks, souvent dégoûtants, vieux d'une cinquantaine d'années, leur frottent le dos et tirent sur leur vit, « le polluant par un mouvement de traction » pour leur réclamer un pourboire : « Batchis, batchis, batchis. » À Louis Bouilhet, Gustave réserve les lettres les plus crues. C'est le côté sexué de la correspondance. À sa mère, il montre une autre face, celle de l'enfant aimant, parfois amant. Gustave est en fusion avec sa mère même s'il l'appelle « chère vieille », « pauvre chérie ». Il pense avec des frissons à son retour. Et lui promet : « Je casserai tout, je bousculerai tout, je sauterai par-dessus le mur et j'enfoncerai les fenêtres. Si tu penses à moi sans cesse, ton souvenir m'accompagne partout. »

En voyage, Gustave est écrasé par sa névrose, sa mère, le soleil. Il est en lévitation mais un cul de plomb le fait retomber sur le pont de la cange : « Le soleil tape d'aplomb sur la tente de notre pont. Le Nil est plat comme un fleuve d'acier. Il y a de grands palmiers sur les rives. Le ciel est tout bleu. » Dépression même en Orient. Les déchirements de Flaubert avec sa mère rappellent ce qu'il a vécu avec Louise Colet. Gustave est toujours prisonnier de son entourage mais il n'a pas la force d'être indifférent. La gentillesse et la sentimentalité sont l'un des traits de son caractère.

Déjà le départ pour l'Orient avait offert une série de drames et de pleurs à répétition. Il est parti de Croisset avec sa mère. Seul Bossière, le jardinier, parut aux yeux de Flaubert « réellement ému ». Passage à Paris puis direction Nogent-sur-Seine pour dire au revoir à l'oncle Parain et à toute la famille grand-paternelle. Il se promène avec sa mère dans le petit jardin, regarde l'horloge sans cesse. « Enfin je suis parti — ma mère était assise dans un fauteuil — en face de la cheminée — comme je la caressais et lui parlais, je l'ai baisée sur le front, me suis élancé sur la porte — ai saisi mon chapeau dans la salle à manger et suis sorti. Quel cri elle a poussé quand j'ai fermé la porte du salon ! — il m'a rappelé celui que je lui ai entendu pousser à la mort de mon père, quand elle lui a pris la main. »

En sortant, Gustave allume un cigare et Louis Bonenfant, le gendre de l'oncle Parain, avoué qui plus est de profession, lui suggère de demander à sa mère un testament, et de laisser une procuration.

Jamais Gustave n'a ressenti autant de haine pour un individu. Il pourrait le tuer. Sa mère ? C'est l'amour vibrant de Gustave. Il repart pour Paris.

« De Nogent à Paris quel voyage ! J'ai fermé les glaces (j'étais seul), ai mis mon mouchoir sur la bouche et me suis mis à pleurer. Les sons de ma voix (qui m'ont rappelé Dorval deux ou trois fois) m'ont rappelé à moi — puis ça a recommencé. Une fois j'ai senti que la tête me tournait et j'ai eu peur : "Calmons-nous, calmons-nous." J'ai ouvert la glace : la lune brillait dans des flaques d'eau et autour de la lune du brouillard — il faisait froid. Je me figurais ma mère crispée et pleurant avec les deux coins de la bouche abaissés. »

C'est étonnant comme cette scène me fait penser à celle que j'ai vécue dans le train entre Paris et Rouen, le matin de l'accouchement. Si j'avais pu comme Flaubert boire trois ou quatre petits verres de rhum, je l'aurais fait. Mais lui partait en voyage, pour moi la joyeuse aventure cessait définitivement. J'étais débarqué. C'était une exploration vers les limbes qui commençait.

Que sont nos voyages ? Une façon d'accélérer notre course vers la mort ou au contraire de tromper nos vies ? Ne plus être tout à fait ce que nous sommes, avancer en état de lévitation et de suspension. Le voyage est un précipité de particules. On est dans l'émerveillement, la béatitude et aussi l'extrême désespoir. « Lâchés dans la nature », loin de nos repères familiers et de la routine, nos cannes blanches, nous pouvons frôler la folie. Perdus à l'étranger, nous rendre compte que nous ne sommes rien, finir recroquevillés, écrasés par les autres. Mourir, rebondir, billes lâchées sur la route. Flaubert ressentira parfaitement cet état, cette angoisse, cette euphorie.

Sur le Nil, il connaîtra l'apothéose sexuelle : « Dans six ou sept heures, nous allons passer sous le tropique de ce vieux mâtin de Cancer. » Le sexe, la femme sont en embuscade, attendent le voyageur. Le plus fureteur est sans aucun doute Maxime Du Camp. Pas de répit. Pas de scrupule. Son comportement avec les femmes n'inspire aucun respect. C'est un chasseur : il tire où il peut. Flaubert se situe plus dans le verbe. Oui, c'est un lecteur de Sade ; oui, il fréquente les bordels et les putains. Mais il garde le plus souvent de ses expériences de débauche un souvenir romantique.

Le sublime sera atteint avec Kuchuk-Hanem : « À Esneh j'ai en un jour tiré cinq coups et gamahuché trois fois. Je le dis sans ambage ni circonlocution. J'ajoute que ça m'a fait plaisir. Kuchuk-Hanem est une courtisane fort célèbre. » Elle est escortée d'un mouton tacheté de henné jaune. Elle porte un grand tarbouche au gland impressionnant, d'immenses pantalons roses. Flaubert la met en scène à la manière dont il décrira Salammbô : « Elle se tenait debout au haut de son escalier, ayant le soleil derrière elle et apparaissait ainsi en plein dans le fond bleu du ciel. » À cet instant, Kuchuk entre dans le panthéon flaubertien au même titre qu'Élisa Schlésinger ou Louise Colet. Dans un registre charnel : « C'est une impériale bougresse, tétonneuse, viandée, avec des narines fendues, des yeux démesurés, des genoux magnifiques, et qui avait en dansant de crânes plis de chair sur son ventre. » Ce conte oriental apparaît sans doute comme la plus séduisante partie du voyage. Le grand fait de guerre de Flaubert. Mais il a surtout besoin de rêver aux femmes. Qu'il ait ou non couché avec elles, il se plaît surtout à les imaginer a posteriori. C'est en cela qu'il est Madame Bovary.

Plus de quarante ans après Chateaubriand, Flaubert et Du Camp ont cédé à la tentation de l'Orient. Ce ne sont pas des pionniers. La démarche de Du Camp est presque journalistique : il veut découvrir quelque chose de pittoresque, prendre des photos, chasser le « scoop », comme le note Pierre-Marc de Biasi dans sa biographie de Flaubert, *Une manière spéciale de vivre,* où il remarque que les moments essentiels de ce voyage se passent à cheval : « Au pas, au trot, au galop, à fond de train : ce qui est fascinant, à cheval, c'est qu'on peut aller vers le réel au rythme de ses enthousiasmes. »

Donc l'Égypte des jeunes gens lettrés et artistes, c'est à la fois cavalcades et gamahuchages. Flaubert en bon maniaco-dépressif sera à la fois dans la joie quand il « casse-pète » et dans l'hébétude neurasthénique. Du Camp, lui, est accaparé par ses photographies, qui sont de petits chefs-d'œuvre. Elles soulignent aussi le défaut majeur de ces voyages en Orient au XIXe siècle : le monumental ! De Chateaubriand à Flaubert, tous tombent dans le piège de la description, du plan de campagne. Rien n'est plus ennuyeux que la pierre. Mais il y a d'un côté un enthousiaste altier et un peu pédant, Maxime, et un mélancolique sentimental qui de temps à autre s'enflamme, Gustave.

Voyager est presque une facilité par rapport à la voie dans laquelle s'est engagé Flaubert. Il rêvera toujours de soleil, d'une vie de muletier et de nomade, mais sera rivé au sillon normand, qu'il creusera comme un sculpteur burine sa névrose. Il se rapprochera de Louis Bouilhet, qui ne quittera les quartiers rouennais Beauvoisine et Jouvenet que pour vivre sa liaison avec sa maîtresse Léonie à Mantes-la-Jolie.

Donc l'Orient, ce saut périlleux, fera gagner du temps à Flaubert. C'est une façon de mettre en ordre ses manuscrits, ses idées, ses projets littéraires. Comme tout voyage — et celui-ci durera un an et demi — il lui permettra de tirer un trait sur la vie précédente (et particulièrement sur le brouillon de *La tentation de saint Antoine*), de se jeter dans sa *Bovary* et les jupons de Maman. Au bout du compte, la mère de Flaubert triomphera de toutes ses tentations exotiques et amoureuses. L'émancipation est impossible pour Flaubert. C'est en ce sens qu'il faut comprendre *L'idiot de la famille*, de Sartre.

XX

Gustave est en Orient et je suis en Extrême-Orient sur les traces de Marguerite Donnadieu dite Duras. Je reprends l'habitude de passer le début du printemps en Asie. Je découvre la côte sud : Kep, Prey Nop, les rizières et le barrage que des Français ont fini par construire plus d'un demi-siècle plus tard. À la nuit tombée, avec mon ami Nicolas, je retrouve les piliers du bungalow des Donnadieu en bordure d'un arroyo, un petit cours d'eau. C'est une terre intacte, sauvage, encore indomptée. En lisant ses *Cahiers de la guerre*, j'apprends que Duras a perdu un enfant, un fils, en 1942, qu'elle avait eu de Robert Antelme : « On m'a dit : "Votre enfant est mort." C'était une heure après l'accouchement, j'avais aperçu l'enfant. [...] Le soir, la sœur Marguerite est venue me voir. "C'est un ange, vous devriez être contente." "Que va-t-on en faire ?" "Je ne sais pas", disait la sœur Marguerite. "Je veux savoir." "Quand ils sont si petits on les brûle." » Parce qu'elle refuse de communier Marguerite Donnadieu est vouée à l'enfer par la mère supérieure. Elle en ressent une haine noire.

La perte ! Écrire non pour réparer ou combler mais pour envelopper la vie dans du papier, créer en empruntant une voie détournée, ne pas devenir fou devant le vide. Écrire ou croire en Dieu. Écrire et croire aux dieux. À quoi cela me sert-il de chercher chez d'autres écrivains des échos de ma douleur ? Ils viennent à moi, se détachent comme des particules de sédiment entassées au fond de la mer.

Je suis en Asie. Premier grand voyage depuis la naissance de Gaston. Je sors de chez moi. L'idée de ne pas dormir près des miens me plonge dans la panique. Cambodge, pays meurtri par les Khmers rouges (deux millions de morts) où les enfants ont été les assassins de leurs propres parents. Terre de la damnation. Elle porte encore en elle ce tremblement. Que signifie la résilience ? Sur le mont Kulen, près d'Angkor, devant la cascade de la rivière aux mille lingas, j'ai l'impression que l'eau sous laquelle des Cambodgiennes légères comme des apsaras viennent se purifier est le symbole de cette renaissance fragile comme un battement d'ailes de papillon.

Au fond de moi, je sais que je ne suis pas fait pour la vie en Occident : économique, réaliste, dépressive. J'ai pressenti lors de mon premier voyage en Asie que j'avais enfin trouvé ma terre, mon imaginaire. On croit pouvoir tout concilier : la vie de famille et les voyages, la guerre du quotidien et l'écriture, l'amour conjugal et l'ailleurs. Mais il y a une seule certitude : le fracas.

Au Cambodge comme au Vietnam, des familles — le père, la mère, un ou deux enfants — roulent sur la même motocyclette, enquillés l'un derrière l'autre. Elles vivent ensemble. C'est le rempart contre la folie et les malheurs. Chez nous, tout a éclaté. Atomes disséminés dans les grandes villes. Mais le spectacle des enfants dans la rue me déchire comme une fulgurance.

En est-ce fini du grand voyage ? Celui du bonheur partagé, aventureux, léger ? De la trentaine que les banquiers vendent comme la décennie des projets. Quand on ne croit pas en l'avenir, faut-il faire des enfants ? J'avais pour seule ambition de leur montrer l'horizon. Soudain un mur ! Camille en conçoit un sentiment d'injustice et moi je m'enfouis sous les cendres de la culpabilité. C'est ainsi. Il n'y a rien d'autre. Non seulement nous sommes en vie mais nous voudrions aussi que la vie nous récompensât. Ma vraie nature c'est l'irresponsabilité. Mes enfants me donnent la seule joie qui échappe à toute déception. Et si je n'aimais que ce que je perds, celui ou celle qui m'abandonne ? Oui, je sais, ce sentiment de la solitude je l'éprouvais enfant, quand mon père appareillait sur son bateau pour des voyages au long cours. Et comme Flaubert je me retrouvais seul avec ma mère et le devoir de la protéger.

À la maison, Gaston dort, les premières semaines, dans notre chambre puis occupe une chambre au rez-de-chaussée, mon ancien bureau. Camille en a refait elle-même les peintures. Un gris de gants de filoselle, qui convient à la gravité de Gaston, couleur éclairée par le soleil qui loge dans cette chambre. Il passe de longs moments dans le jardin sur le ventre de sa mère, enveloppé d'une couverture. Camille avec ses lunettes de soleil qu'elle porte sans cesse. Jamais nous n'avons vu un enfant dormir autant. Que savons-nous de ce qu'il a ressenti ? Quel âge a-t-il ? Les médecins nous ont appris à tenir une comptabilité double. L'actif : le nombre de jours, semaines, mois de vie. Le passif : sa naissance théorique au terme. Ainsi est-il né le 29 mai mais il aurait dû naître au début du mois de septembre. A-t-il trois mois ou trois jours ? Quand il est dans le jardin, Camille le protège d'une moustiquaire puis au moment de le coucher dans son berceau elle tire au-dessus de lui un voilage blanc. À une autre époque, ces voiles m'auraient renvoyé à ceux des chambres d'hôtel et à leur cône de lumière. Désormais ils me font penser au linceul d'Arthur. Je n'ose en parler à Camille pour ne pas l'assommer de mes visions funèbres.

À qui parler d'Arthur si ce n'est à Arthur ? Je l'ai posé à la dérobée des regards, dans une encoignure du bureau à laquelle seul j'accède à travers les piles de livres. Boîte de velours bleu, urne en porcelaine blanche. À l'angle opposé, une pile de livres que je me suis constituée : *L'enfant éternel*, *Tous les enfants sauf un*, *Philippe*, *Tom est mort*, etc.

Si cette diagonale m'accable je regarde par la fenêtre les champs et écoute les trois grands peupliers dont les feuilles bruissent telles des cymbales d'or. Grands, si grands, pareils à des géants américains. Et les chevaux au galop martelant le sol comme s'ils allaient charger, crinière au vent, vers la mer au-delà de la colline. Le mouvement ! Dieu, le mouvement ! Et la nature avec ses lumières maritimes, roses, grises, bleues, le souffle, la joie. La peinture, bien sûr, Monet, Boudin, pour le matin ; Delacroix, Turner pour le soir. Cette Normandie maritime des voiles et des voiliers que nous avions élue, Camille et moi. La Belle Époque.

Quand je suis assis à mon bureau, il me suffit de tourner cette fois la tête vers la droite pour voir Camille, hiératique, avec Gaston dans sa poussette. Ils partent se promener jusqu'au petit banc de la falaise. Elle m'adresse un sourire qui me désarme et abaisse les herses imaginaires plantées autour de mon bureau, qui n'est en rien un sanctuaire : les enfants y viennent à leur guise.

Alors pourquoi s'encombrer de ce petit tas de livres sur les enfants morts ? Quand je parviens à en lire quelques pages, ils me paraissent étrangers : j'essaie de trouver en eux une improbable consolation. La mort de l'enfant est devenue un genre littéraire. Il est impossible pour un écrivain qui subit cette catastrophe de ne pas en faire un linceul de papier. Combien de parents ont perdu leur enfant sans encombrer les libraires ? J'en ai croisé, de ces anonymes, atteints mais dignes. J'ai l'impression de m'étaler dans mon larmoiement, de ne pas être « un homme » comme l'écrit Kipling à son fils. Je me souviens qu'à la fin de *L'adieu aux armes,* l'héroïne, Catherine, perd son enfant et meurt d'une hémorragie. Autrefois, je lisais ces pages comme une fin romantique sans y accorder plus d'importance. Hemingway a-t-il perdu un enfant ? Il n'a pas pu inventer cette scène. Et pourtant, à la relecture, elle me semble peu crédible, presque factice. Laissons tomber tout cela, ouvrons les fenêtres ! Dans cette littérature de la perte la plupart des critiques félicitent les auteurs d'avoir évité l'écueil du pathos et des larmes. J'éprouve tout le contraire : je ne me sens en harmonie avec Gaston et Arthur que dans les larmes. Mais il n'y a pas d'autre issue que la joie car il n'y a pas d'utilité au malheur.

Après la mort de Louis Bouilhet, son jumeau au physique, Flaubert écrit à George Sand : « Les morts ne doivent pas nuire aux vivants. » C'est une phrase presque inconcevable venant de Flaubert. On dirait un conseil de médecin devant un patient effondré.

C'est justement au retour d'une visite de contrôle à l'hôpital pour Gaston que se déroule une scène entre Camille et moi dont je garde un souvenir assez confus. Elle veut faire une course à Rouen et je prétexte vouloir rentrer au plus vite pour travailler. Je suis à cran. Près de la bibliothèque municipale, devant le buste de Louis Bouilhet, alors que Gaston dort à l'arrière de la voiture, Camille claque la porte et me laisse tomber avec notre fils. Je fais un tour du quartier et viens la reprendre à l'endroit où elle m'a laissé. Je la sens dévastée par le chagrin. Est-ce que je prends la mesure de la fêlure ? Les colères des femmes les plus calmes n'offrent souvent aucun pardon.

Il faut redonner à notre vie du mouvement. Nous partons un week-end tous les deux à Amsterdam en février. C'est la première fois que nous laissons Gaston. On boit des verres dans les bars le soir comme un jeune couple fraîchement fiancé. L'amour, sacré. La vie, allure au largue.

Dans la chambre de Jules, notre cadet, deux livres auxquels je me heurte comme aux pierres d'un chemin. L'un a pour titre *Mon papa explorateur*. Un enfant avec son père : « Quand mon papa est là... c'est une rigolade. » On plonge avec des palmes, on escalade les montagnes. Mais tôt ou tard le papa explorateur doit partir. L'illustration montre bien la date fatidique du départ entourée de rouge, le papa qui file, l'enfant blotti dans les jupes de sa mère. Au cours des pages suivantes, le papa explorateur se trouve avec son bikini riquiqui sur l'île de Tahiti et ses boubous à Tombouctou. Il fait tout, ce papa : il survole en aile delta l'Etna, dort avec les Indiens dans leur tipi. Dans son lit, l'enfant est inquiet des dangers et tempêtes que son père traverse. Et puis c'est le retour avec plein de cadeaux exotiques. « Mais le plus beau des cadeaux, c'est que mon papa soit de nouveau là, près de moi, pour me donner dans le cou plein de bisous ! »

Il fallait alors vite éteindre la lumière ! Rien de plus obsessionnel et de répétitif que les lectures d'enfant. Notre émotion vient de leur regard sur les histoires. Ils sont dans le livre. La vie d'adulte nous inculque la distance. Pour l'enfant il n'y a pas de frontière entre le réel et l'imaginaire : d'où leur innocence, leur génie. L'âge adulte est une mutilation consentie et nécessaire. L'esprit de sérieux est ce qui a tué les hommes.

Le deuxième livre que je tente d'enfouir s'intitule *Arthur construit un bateau*. L'histoire d'un petit garçon aux allures de trappeur avec son chien Olala. À son embarcation il ajoute des roues. Au cours d'un pique-nique, le bateau dévale une pente et se retrouve en pleine mer. Le chien Olala tombe à l'eau. Arthur le sauve. Une immense vague va les submerger. Ô miracle, elle les porte sur son dos jusqu'à leur maison, où ils atterrissent épuisés mais heureux. Au menu, pour le dîner, un bon poisson : « Au revoir la mer. Merci pour les poissons. » Était-ce parce qu'elle a lu si souvent à Jules *Arthur construit un bateau* que Camille a choisi ce prénom pour l'un de nos fils ?

Arthur est bien parti en voyage. Tout Arthur foudroyé est un homme aux semelles de vent. Au printemps, au baptême de Gaston et de son cousin Léon, je prononce quelques mots sur Gaston et Arthur en suggérant que ce dernier est comme son aîné, le trafiquant, le négociant, au pays des Gallas, que j'ai approché lors d'un voyage dans la Corne de l'Afrique. L'assistance a dû me prendre pour un illuminé. Camille m'a compris mais elle ne peut s'abandonner à la joie libératrice du baptême de Gaston : une part d'elle-même est enfermée dans les pierres. Nous devions réunir sur les fonts baptismaux Gaston et Arthur. Une fois l'émotion surmontée, nous parvenons à faire de cette journée un moment de fête. Ces déjeuners sur l'herbe, au soleil, avec de jolies femmes, des grands-parents joyeux et les enfants, sont des moments de satisfaction bourgeoise, lumineux, les seuls qui ne m'ont pas étouffé.

Partir, il faut de nouveau partir, voyager. Par principe, diététique, morale. Mouvement. Le reste de la vie me semble une longue tâche administrative.

En septembre, je vais en Australie. Sur le quai de la gare nous nous promettons silencieusement que ce sera la dernière séparation. Combien de voyages, projeté à des milliers de kilomètres, parfois seul, souvent en compagnie d'un photographe, Bouvard et Pécuchet de la mondialisation, du voyage démocratique ? Je suis un touriste. Avec les photographes, je forme un vrai couple. Parfois, avant l'aéroport on ne se connaît pas. On se flaire comme deux chiens errants. Et au bout du voyage, nous aurons beaucoup partagé, tels deux camarades au front. Le soir, après des journées de crapahut, nous aurons passé en revue le travail, l'amour, nos familles. Nous aurons jeté les dés de la vie sur la table.

En Australie, chaque jour ou presque, avec Benoît, je prends un petit avion Cesna qui vient nous cueillir n'importe où, sur une piste de latérite, ou dans un champ. L'Australie est l'un des berceaux de l'humanité que l'homme blanc a profané. C'est la raison pour laquelle Bruce Chatwin, l'auteur des *Jumeaux de Black Hill,* a consacré *Le chant des pistes* à la civilisation aborigène, selon lui la quintessence de la poésie nomade : « Il existe un labyrinthe de sentiers invisibles sillonnant tout le territoire australien et connus des Européens sous le nom de songlines, "itinéraires chantés" ou "pistes de rêves", et des Aborigènes sous le nom d'"'empreintes des ancêtres" ou de "chemins de la loi". Les mythes aborigènes de la création parlent d'êtres totémiques légendaires qui avaient parcouru tout le continent au Temps du Rêve. Et c'est en chantant le nom de tout ce qu'ils avaient croisé en chemin — oiseaux, animaux, plantes, rochers, trous d'eau — qu'ils avaient fait venir le monde à l'existence. »

Je connais mon penchant à forcer les analogies, les coïncidences et la symbolique. Il n'empêche : je ne cesse de me confronter aux origines. Au musée de Darwin, dans le North Territory, sont exposés des berceaux d'enfants aborigènes, des statues de père portant leur fils mort comme une offrande. Étonnant territoire déclaré en 1889 par les colonisateurs anglo-saxons Terra Nullius, c'est-à-dire pays inhabité, afin de chasser les aborigènes de leurs terres. Terra Nullius, c'est un peu le monde des limbes. L'Australie est d'apparence détestable. Mais dans ses anfractuosités, ses étendues de pierres vieilles de plusieurs millions d'années on entrevoit les rites des Aborigènes, peuple aujourd'hui ghettoïsé comme les Sioux. L'Australie a été une terre de génocide, et dans le bush des feux volontaires nettoient la nature afin de prévenir des incendies ravageurs. Nous traversons ce pays dans un halo blanc, la cendre et la poussière, en quête d'esprits errants.

Toujours dans *Le chant des pistes*, Chatwin évoque la légende de ces bébés qui étaient autrefois des roches et se sont transformés en êtres vivants, mourant de soif, et seront avalés après des crues par la terre. Ils « fondirent », écrit Chatwin. Et de citer l'un de ses compagnons de voyage : « L'Australie est le pays des enfants morts. »

Cette certitude, je la ressens dans le désert du Purnululu National Park, un massif de grès et de silice de 200 000 hectares, vieux de trois cent cinquante millions d'années, où se trouvent les Bungle

Bungles, des formations rocheuses arrondies qui ressemblent à des chignons d'Africaines sculptés par Jean-Paul Goude. Jamais je n'eus autant l'impression de pouvoir parler aux esprits. L'endroit est d'une force tellurique impressionnante. C'est un peu le triangle des Bermudes de l'Australie. Tout peut s'y affoler, les instruments de navigation, les conditions météo, les âmes. D'ailleurs, l'hélicoptère que nous devions emprunter s'est écrasé trois jours auparavant, tuant le pilote et ses passagers, de jeunes Australiennes d'une vingtaine d'années. Les autorités régionales m'ont téléphoné pour m'annoncer très calmement qu'il y avait « un problème » et que le pilote du second hélicoptère était traumatisé par la mort de son collègue et tétanisé à l'idée de nous emmener. Contrairement à « Papa explorateur », cette fois nous ne prendrons pas d'hélicoptère. Je ne suis qu'un petit Blanc projeté à des milliers de kilomètres de chez lui et faisant péter le niveau de son empreinte carbone.

Quelques jours auparavant, nous sommes dans le nord de l'Australie au milieu des buffles, des kangourous, des hérons, des crocodiles, des perroquets, les *little corellas*, les kookaburras et leur guttural klock-klock. Dans un livre sur les animaux prêté par notre guide qui nous emmène dans les réserves au volant de son Land Rover, je suis saisi par les photos des marsupiaux à leur naissance, qui pèsent un gramme et dont le corps bleu, rouge, translucide me rappelle celui de Gaston, le premier jour, dans son isolette. Des informations anodines — un marsupial met trois minutes à rejoindre à sa naissance la poche de sa mère, 50 % des kangourous rouges meurent dès leurs premiers jours — provoquent en moi des larmes d'émotion rendues plus vives par l'éloignement. Combien de voyages aux Antipodes me faudra-t-il pour solder ce deuil ?

Je rentre d'Australie et Gustave de son voyage d'Orient. Quand je pars quinze jours, lui s'en va dix-huit mois. Ce n'est pas la même chose. Il va commencer *Madame Bovary* qui, comme *L'éducation sentimentale*, est le roman de la mélancolie moderne. « Quant à moi, écrit-il le 6 octobre 1850 à son oncle Parain, je deviens paresseux comme un curé. Je ne suis bon qu'à cheval ou en bateau. Tout travail maintenant m'assomme. Je deviens là-dessus très oriental ; il faut espérer que je changerai au retour. »

Ce voyage a été bien évidemment une initiation et une métamorphose. À partir de 1851, cap symbolique de ses trente ans, Flaubert n'a plus son allure de jeune homme et son corps resplendissant. Il a perdu sa ligne et son épaisse chevelure. Il est marqué aussi du sceau vénérien. Il s'est brûlé le sexe et la gueule : « Quant à moi, a-t-il écrit de Grèce à Bouilhet en 1851, mes affreux chancres se sont enfin fermés. L'induration, quoique coriace encore, paraît vouloir s'en aller. Mais quelque chose qui s'en va aussi, et plus vite, ce sont mes cheveux. Tu me reverras avec la calotte. J'aurai la calvitie de l'homme de bureau, celle du notaire usé, tout ce qu'il y a de plus couillon en fait de sénilité précoce. J'en suis attristé (*sic*). Maxime se fout de moi. Il peut avoir raison. C'est un sentiment féminin, indigne d'un homme et d'un républicain, je le sais ; mais

j'éprouve par là le premier symptôme d'une déca-
dence qui m'humilie et que je sens bien. Je grossis,
je deviens bedaine et commun à faire vomir. Je vais
rentrer dans la classe de ceux avec qui la putain est
embêtée de piner. Peut-être que bientôt, je vais
regretter ma jeunesse… Où es-tu, chevelure plantu-
reuse de mes dix-huit ans, qui me tombais sur les
épaules avec tant d'espérances et d'orgueil ! »

Cette perte des cheveux marque la fin d'une jeunesse mais aussi d'une apparence flamboyante.
Le voyage opère une introversion, un mouvement
réflexif. Dans sa correspondance, Gustave ne cesse
d'affirmer qu'il s'est frotté au monde, à l'humanité.
Il était parti voir de vieilles pierres, des ruines, il a
croisé des visages. Il a aimé ces rencontres qui se
font et se défont rapidement. C'est un précipité
d'émotions. Avec son tarbouche, il s'est décivilisé,
orientalisé, il a engraissé son corps et ensoleillé son
âme. Le monde lui est apparu soudain fluide.
« Je regrette de ne pas aller en Perse (l'argent !
l'argent !). Je rêve des voyages d'Asie, aller en Chine
par terre, des impossibilités, les Indes, ou la Califor-
nie, qui m'excite toujours sous le rapport humain. »

Dans cette énumération c'est l'impossible qu'il
faut retenir. L'opium des voyages qu'il ne fera pas,
le regret de cette vie à cheval, dans la poussière.
Sauvage, il le restera, mais à Croisset dans son
cabinet. Il regrette de ne pas avoir assez joui de son
périple, s'inscrit déjà dans le passé et se condamne
à la rêverie. Ce voyage a fini par le détourner du
genre humain et a validé son inaptitude au commerce des hommes — ce qui ne l'empêche pas

d'avoir le contact joyeux. « J'ai beaucoup pratiqué l'humanité depuis dix-huit mois. Voyager développe le mépris qu'on a pour elle. »

Oui, par la suite on aurait pu donc imaginer Gustave à Samarcande, Gustave à Shanghai, Gustave à San Francisco. À n'en pas douter il aurait précipité son entrée dans le XXe siècle de la vitesse. Flaubert a préféré s'enfouir dans son XIXe, vivre en patapouf découpant le gigot du dimanche à Croisset, sacrifier son corps pour sa cathédrale de papier. Il aurait pu aussi courir le monde en lévrier façon Du Camp. Ce choix, il l'a accompli avec une certaine volupté masochiste.

Flaubert ou le drame de la lucidité. Sur la vie, il n'a plus aucune illusion. Comme il n'a plus de cheveux au retour d'Orient. C'est la toison de la jeunesse qui tombe mais aussi la marque du dénuement, de la tonsure du novice entrant dans les ordres. Et pourtant il se perçoit comme un vrai nomade. De Rome, l'une des dernières étapes de son retour, il écrit à son vieux copain d'enfance, Ernest Chevalier, substitut du procureur, qui vient de se marier : « Nos conditions différentes, toi d'homme marié et établi, et moi de vagabond rêveur, nous séparent encore plus que les kilomètres qui se déroulent entre nous et nous distancent. » Et d'ajouter : « Tu vas goûter, cher Ernest, tu goûtes déjà des bonheurs qui me seront toujours interdits. Je crois, comme le Paria de Bernardin de Saint-Pierre, que le bonheur se trouve avec une bonne femme ; le tout est de la rencontrer, et d'être soi-même un bon homme, condition double et effrayante. »

Mais pour Flaubert ce choix de vie, celui de vagabond et de rêveur, ne dépend pas de la liberté et du libre arbitre. Cette lettre comme souvent est un aveu de la part de Gustave : « De toutes les débauches possibles, le voyage est la plus grande que je sache ; c'est celle-là qu'on a inventée quand on a été fatigué des autres. Je la crois plus pernicieuse à la tranquillité de l'esprit et à la bourse que ne peut l'être celle du vin, ou du jeu. On s'embête parfois, c'est vrai, mais on jouit démesurément aussi. — La vue du Sphinx a été une des voluptés les plus vertigineuses ma vie, et si je ne me suis pas tué là, c'est que mon cheval ou Dieu ne l'ont pas positivement voulu. »

Donc, après cet excès de débauches, de putains, de sexe, de cul, de soleil, de ruines, de cavalcades, de navigation, Gustave siffle la fin d'une partie. Ce voyage a été une rumination pendant laquelle ont poussé tant de sujets de livres qu'il va falloir émonder la forêt.

En classe de troisième, quand je découvris *Madame Bovary*, notre professeur se garda bien de nous parler de cette campagne en Orient de Flaubert. Qu'aurions-nous compris à cette beauté et grandeur de l'Orient ? À cette dérive sadienne ? Et pourtant je suis certain que notre professeur nous parla de Kuchuk-Hanem. Flaubert était la solution à ma vie normande ou du moins une réponse à ma mélancolie depuis que j'avais quitté l'île de la Martinique, éden de mon enfance pour retrouver l'automne, les fermes, leur odeur d'étable et de pressoir. J'avais voyagé et j'étais revenu sur la terre utérine de ma naissance. L'odyssée avait tourné court. Et j'étais en attente de soleil et d'épopée.

XXI

Le périple en Bretagne de Flaubert et Du Camp fut sexuellement beaucoup plus raisonnable. C'est un voyage au grand air, une promenade de santé. Il a lieu en mai 1847. Flaubert et Du Camp ont vingt-cinq ans. Un vrai voyage de noces. De ce grand tour, il reste un livre, aujourd'hui assez indigeste, de six cents pages, au titre aérien, *Par les champs et par les grèves*. Un titre pouvant servir d'évangile au voyageur qui veut semer à tous les vents son amour du grand air et de la liberté. Pourquoi la Bretagne ? Elle est la pointe romantique de la France, la terre de Chateaubriand, le finistère encore ensauvagé de la France. Michelet l'a décrite dans son *Tableau de la France*, âpre, sombre et tempétueuse. Émile Souvestre a publié *Les derniers Bretons* que Flaubert a lu, un récit sur ces habitants dont la plupart ne parlent pas le français. Ce bout du monde est limitrophe de la Normandie. Cette route de la liberté, il a fallu la négocier, l'arracher à Mme Flaubert qui, inquiète de la santé de son fils fragile et si vulnérable, ne veut pas lâcher la corde. Pas question qu'il s'émancipe.

Maxime Du Camp sera donc son compagnon, son aide-soignant. C'est un jeune homme de bonne famille, ce Maxime. Il a déjà une forte expérience de voyageur. Mme Flaubert concède que son fils parte sur les routes. À tout moment elle pourra le rejoindre, ce qu'elle ne manquera pas de faire.

J'ai toujours eu de la tendresse pour ce voyage. Il est négligé par les biographes, il n'a pas la force extatique de l'expédition d'Orient. Il n'a pas inspiré de roman comme plus tard *Salammbô*. Certes il y a *Par les champs et par les grèves*, ce dolmen lu seulement par les spécialistes. Mais les deux auteurs sont jeunes et cette œuvre est déjà un exploit, un tour de force d'une belle maturité. Certes ça sent sa composition écrite à quatre mains. Il y a des leçons d'histoire soporifiques mais aussi des fulgurances sur les églises de France, des peintures de la nature impressionnantes. Ce n'est pas dans tous ses livres que l'on découvre un Flaubert beatnik, presque backpacker. La Bretagne, c'est le terrain d'essai des routards au XIXᵉ siècle. Il y a dans *Par les champs et par les grèves* un côté *flower power* avant l'heure.

À force, ce voyage est devenu une utopie, le voyage que je ne ferai jamais tant je l'ai repoussé à cause des circonstances ou d'un manque de temps. Il ne peut s'accomplir qu'au printemps ou à l'été. Il est le voyage fantasmé, comme Arthur est l'enfant fantasmé, inabouti, mort-né. Celui qui aurait pu être, le messager de nos rêves fracassés, le sacrifié de nos désillusions, l'incarnation de nos échecs et déceptions. Les tempêtes sapent ce que nous sommes au fond de nous. D'apparence, nous semblons tenir le coup.

Comme un mât de voilier, mais tout est fendu de l'intérieur.

Le deuxième hiver de Gaston, je ressens une vraie sérénité à aller vers Croisset, sur les bords de Seine. Pendant les vacances de février, nous poussons jusqu'à Villequier avec nos trois enfants. Les hôtels et les restaurants sont fermés. Les bars ont pour nom Le Mascaret ou Le Bar de la Marine. Mais ce n'est pas le mascaret, cette vague scélérate, qui a tué Léopoldine Hugo. C'est un coup de vent soudain tombé sur une voile alors que le temps était trop calme, trop plat pour ne pas receler une tragédie.

Le 4 septembre 1843, ont donc pris place à bord d'un canot de course Charles Vacquerie, sa femme, Léopoldine Hugo, l'oncle de Charles, Pierre Vacquerie, et Artus, le fils de ce dernier. On connaît les circonstances : Léopoldine ne devait pas embarquer, sur les conseils de sa belle-mère qui avait eu un étrange pressentiment. Elle le fit cependant parce que le bateau, trop léger, était revenu à Villequier se lester de quelques pierres. Il avait ensuite touché Caudebec-en-Caux pour une visite chez le notaire. Le drame eut lieu au retour vers Villequier alors que maître Bazire leur avait proposé de les raccompagner en voiture.

Je me revois avec Camille et les enfants remontant le chemin de l'église de Villequier où sont enterrés les quatre naufragés, Léopoldine et son mari, Pierre Vacquerie et Artus, que certains historiens appellent à tort Arthur, entourés de Charles Amable Vacquerie, le père du mari de Léopoldine décédé quelques mois auparavant, d'Adèle Hugo, la femme de Victor, d'Adèle, la fille, et d'Auguste Vacquerie. Une vraie réunion de famille qui concentre toute la force du cimetière et surplombe les autre tombes.

Deux rangées de stèles ogivales en pierre calcaire, identiques à celles de Gustave et de Caroline au cimetière monumental de Rouen. Cette promenade ne nous rend pas tristes. Bien au contraire ! Nous sommes avec les enfants et nous laissons séduire par ces bords de Seine, dont les méandres semblent en effet receler une puissance surnaturelle et toute religieuse, où deux rives, celle des vivants et celle des morts, semblent se tutoyer.

Nous sommes aux abords des abbayes de Jumièges et de Saint-Wandrille. Une Normandie de l'intériorité. Cette Seine, je l'ai montée et descendue souvent avec mon père quand il faisait escale au Havre et à Rouen. J'avais huit ans. Et le soir, nous dînions avec ma mère à La Bouille, au Restaurant de la Poste, en face de Croisset. Peu après le premier anniversaire de Gaston, j'avais remonté à vitesse très lente les boucles de la Seine à bord du porte-hélicoptères *Jeanne-d'Arc*, qui avait déployé toute sa majesté. Et j'eus alors l'impression, dans un paysage silencieux et brumeux, en passant devant Villequier puis Croisset, que tout était en ordre, que les ruines seraient toujours là. Nous étions des points mobiles devant la verticalité de Jumièges. « C'était la Normandie », s'exclame Maxime Du Camp le 27 juillet au retour du périple *Par les champs et par les grèves* alors qu'ils passent devant Tancarville et Quillebeuf, à bord d'un bateau qu'ils ont pris à Honfleur.

En cette fin d'après-midi d'hiver, nous rentrons chez nous par la route de Luneray et Ouville, empruntée sans doute par Flaubert quand il allait voir Juliette, son autre nièce, au Castel fleuri. Nous traversons Yerville, si proche par l'euphonie du Yonville de *Madame Bovary*.

Pendant le trajet, je pense à ce voyage au printemps, par les champs et par les grèves. J'en parle à mes amis les plus proches pour qu'ils m'accompagnent. Camille pourra me rejoindre. Mais quelle idée d'accoler Gustave à Gaston ? Faut-il être empoisonné par la littérature ? Laissons cet enfant dans la vie. Ne lui collons pas des fantômes littéraires. Qu'il reste libre ! Pourquoi lui donner un jumeau de substitution ? Il a deux frères qui le chérissent. Au diable les livres ! Les pères en littérature ! Découvrir Flaubert à quatorze ans, c'est une malédiction. On ne peut plus se débarrasser de lui : il vous a inoculé poison et volupté. Foutu Normand. J'ai eu beau le corriger par d'autres influences, l'oublier même des années, j'y suis toujours revenu. Flaubert est paradoxalement un écrivain lourd et léger. Un butor et une femme jusqu'au bout des ongles. Il y a une ligne de partage des eaux chez lui. Et cette ligne c'est la Seine.

« Nous nous enfoncions dans la matière, écrit Gustave à George Sand, le 3 août 1870. Il faut revenir à la grande tradition : ne plus tenir à la Vie, au Bonheur, à l'argent, ni à rien ; être ce qu'étaient nos grands-pères, des personnes légères, gazeuses. » Phrase extraordinaire du Flaubert vieillissant. On notera : la Vie et le Bonheur avec une majuscule, l'argent avec une minuscule. Tout est dit : il y a cru avant d'y renoncer. *So what* ? Il n'a pas seulement choisi l'art inaccessible, l'œuvre littéraire comme refuge. Il a foré un nouveau souterrain. Il atteint la beauté et renouvelle le genre romanesque en imposant le sien. Il ne s'est pas contenté de crier : « Mon œuvre, mon œuvre ! » Il ne s'est pas rêvé écrivain, il a élaboré tous ses livres avec la finesse d'une dentellière.

Moi, je rêve ce voyage. Je l'imagine comme un royaume où je déverserai toute ma reconnaissance envers Flaubert et où je convoquerai tous ceux que j'aime. Il doit se faire à deux. Il me faudra un compagnon. « Le 1er mai 1847, à huit heures et demie du matin, les monades, dont l'agglomération va servir à barbouiller de noir le papier subséquent, sortirent de Paris dans le but d'aller respirer à l'aise, au milieu des bruyères et des genettes, ou au bord des flots, sur les grandes plages de sable. »

Ces deux monades, ces deux substances leibniziennes, indivisibles, douées de désir, de volonté, d'intériorité et de perceptions, parfois calligraphiées « nomades », doivent donc marcher côte à côte, pour s'agglomérer comme deux jumeaux aux semelles de vent.

Que signifie ce désir de mettre mes pas dans ceux de Flaubert ? De payer ma dette au père ? De le tuer au contraire ? La quarantaine frappée, il est temps de solder ces questions ; à la vérité on ne s'en défait jamais. J'ai aimé d'autres écrivains, écrit sur eux, suivi déjà Maupassant à la trace. Un jour ou l'autre, il faut s'attaquer au roc Flaubert, Parthénon et Panthéon de la littérature. Et puis Flaubert c'est une montagne glissante, on essaie d'atteindre le sommet mais il demeure inaccessible. Seul écrivain français avec Proust à échapper à toute tentative biographique.

En quoi la vie d'un écrivain qui se met tout entier dans son œuvre peut-elle être passionnante ? Ça sent le renfermé, la vieille robe de chambre. De l'air, par pitié ! À la différence de Proust, Flaubert a laissé une correspondance qui est un chef-d'œuvre : les évangiles de la littérature selon saint Gustave. Se défaire de ses influences, des pères littéraires, des compagnons secrets, l'écrivain ne doit pas avoir d'autre ambition. Écrire sur les autres a-t-il un sens ? À force de lectures, on se compose une famille aussi forte que celle du sang et dont on ne peut se défaire à sa guise. Ce qui nous forme nous déforme.

L'imaginaire permet d'intensifier la réalité mais nous la rend souvent insupportable. Paradoxalement, quand je suis devenu père, Flaubert est revenu me solliciter. Dans sa solitude drapée de Romain, il aurait dû me laisser indifférent. Je n'ai pas eu le choix, il s'est imposé au moment de la naissance de Gaston.

Flaubert est un dégoûté de la vie. Il faut croire un tant soit peu dans son prochain pour devenir à son tour parent. Mes enfants m'ont détourné de l'absurde. Le mariage m'a éloigné de la solitude destructrice et de la quête impossible de toutes les femmes.

N'a-t-on pas assez de sa propre famille, de ses racines et de ses ancêtres ? Faut-il de surcroît s'encombrer d'une famille d'encre et de papier ? Ces hommes et ces femmes dont nous avons le sentiment qu'ils n'écrivent que pour nous alors qu'ils s'adressent au chœur des hommes. Le bovarysme est le syndrome qui touche tout lecteur un peu assidu. Rêver d'un autre monde, d'une autre vie, ne pas se satisfaire du corset du quotidien.

Ce voyage par les champs et par les grèves est une façon de ne pas me laisser recouvrir par la poussière des livres. C'est parfois vertigineux pour moi de regarder les alignements de ma bibliothèque, de voir tous ces siècles et ces petits cercueils alignés les uns à côté des autres, qui ne demandent qu'à revivre si on les ouvre. Dans mon bureau, quand je tourne le regard vers la droite, je vois mes enfants jouer dans le jardin. Et je ne crois pas qu'il faille choisir entre ces deux mondes, entre ces deux voies vraies.

L'hiver où je remets sur le métier ce voyage par les champs et par les grèves, Gaston apprend à danser. J'ai besoin d'écouter *Giselle*, d'Aldolphe Adam, et particulièrement la scène où les Wilis — ces créatures mortes vivantes — viennent s'emparer de leurs fiancés pour les faire danser jusqu'à la mort. Dès que je mets le disque, Gaston me saisit les mains, fait des pointes, des mouvements circulaires sur les genoux qui l'amusent beaucoup. Il sait qu'il est en représentation mais prend son rôle au sérieux. Pourquoi le faire danser sur ce ballet qui me renvoie à Arthur ? Je ne dois pas l'entraîner dans cette danse des ténèbres. Son endurance est exceptionnelle pour un enfant de cet âge : comme tous les prématurés, il peut marcher ou courir pieds nus sur les graviers du jardin sans ressentir la moindre douleur.

À l'inverse de Flaubert, qui a commencé d'abord par la Bretagne avant de se lancer dans son voyage à travers le monde, j'ai débuté par les « pérégrinations rêveuses » au long cours avant que ne naisse en moi le désir de suivre les champs et les grèves, ce circuit touristique autour de la vie et de l'œuvre de mon premier maître. Demandez le programme : « Aujourd'hui, sans trop quitter le coin de la cheminée, où on laisse pour les y retrouver presque tièdes encore, sa pipe et ses songeries, et sans aucun des poignants arrachements du départ, on s'en va, sac à dos, souliers ferrés aux pieds, gourdin en main, fumée aux lèvres et fantaisie en tête, courir les champs pour coucher dans les auberges dans de grands lits à baldaquin, pour écouter les oiseaux chanter quand il a plu, et pour voir, le dimanche, sous le porche de l'église, les paysannes sortir de la messe, avec leurs grands bonnets blancs et leurs gros jupons rouges, et quoi encore ? pour se hâler la peau à coup sûr, et pour attraper des poux, peut-être ? »

Je prépare à mon tour mon équipement, ma documentation sur les pays de Loire et la Bretagne. L'été est déjà là. Je n'ai pas encore pris la route. Tant de tâches et de servitudes à solder. C'est un drôle d'été, comme il y eut la drôle de guerre trop estivale en 1940.

En juillet, je suis à Londres, où Flaubert aimait à se rendre. Comme lui je vais à la National Gallery. Puis nous partons pour le Sud-Ouest retrouver notre bande d'amis. Tout semble dans l'ordre. En août,

Camille organise en Normandie une exposition de ses peintures, des grands formats où elle approfondit son sillage. C'est une fête. La maison ne désemplit pas. Bains, déjeuners dans le jardin. La semaine suivant la fin de l'exposition, qui est un succès, je devine Camille fatiguée, tendue. Le soir quand nous nous endormons, j'entends ses bracelets s'agiter comme des serpents fuyant sous les herbes.

Le dimanche 23 août, au matin, elle m'annonce qu'elle me quitte. Oui, elle me rend son alliance. « Je ne t'aime plus. » Je sens sa décision impérieuse et sans appel. Sur mon agenda, à cette date j'écris comme au bas d'un livre le mot « FIN » en grandes lettres. Nous partageons cependant un bain à la plage, dans cette mer qui nous a rapprochés et unis. En sortant de l'eau et en remontant sur les galets — elle porte ce jour-là une robe noire sur sa peau pain d'épice — je sais que j'ai perdu ma femme. Je pressens que le levier en est son accouchement prématuré. Même brutalité, même coup de tonnerre.

Je me retrouve seul à la maison. L'hébétude, la stupéfaction, la colère. Le soir, je suis dans mon bureau. J'écris des lettres à Camille. Elle est chez ses parents. D'un coup, la poche des eaux a crevé. Ma femme si calme devient une mer déchaînée. Dans la rafale des reproches, deux lames d'un couteau à cran d'arrêt : je l'ai forcée à aller à Saint-Malo, je l'ai empêchée d'aller à la cérémonie d'adieu à notre fils. Pourquoi cette déformation du passé, cette réécriture ? « Ne te plains pas et ne pense pas à toi », m'a-t-elle donné comme consigne de survie.

Flaubert, cet ours sentimental, se moque du mariage, de ses tourments. En mettant l'amour à distance — pas celui de sa famille, celui des femmes —, il évite le piège du sentimentalisme. Je regarde mes livres, mon rayon Flaubert juste derrière mon bureau. Je n'y trouve aucun salut. Pas envie de lire une ligne. Il doit rire, le vieux ! Sa philosophie tient en quelques mots : il n'y a pas de grande tristesse ni de grande joie que le temps ne dissout pas. Je me retrouve seul. Moi qui l'ai souvent appelée de mes vœux, la grande solitude, elle s'ouvre comme l'océan. Je pourrais presque avoir l'illusion que Camille va revenir avec un large sourire, que je voyais toujours de loin quand nous nous retrouvions. Ce sourire d'une femme de la trentaine, solaire, libre, épanouie. Soudain, le crépuscule me tombe sur les épaules. Dans quelques jours, Camille va avoir quarante ans. Et je suis seul avec les cendres d'Arthur, mon seul enfant resté à la maison.

Putain de Normandie, terre de mes amours littéraires, de mon amour pour Camille, de notre mariage, de nos enfants. Je ne cherche qu'à m'abrutir. Je tue le temps dans des corvées administratives et comptables pour mon entreprise. Je m'écroule la nuit dans mon lit. Où est le corps de ma femme ? Le matin, je relève des flopées de courriers électroniques d'amis venus à la maison pour l'exposition de peinture : ils nous remercient, évoquent avec des mots choisis la maison du bonheur. Dois-je leur annoncer la funèbre nouvelle ? Camille m'a quitté, me demande une séparation, quelques semaines de réflexion jusqu'à la Toussaint, la fête des morts ?

Me revient le sinistre cérémonial des messages élec-troniques que j'ai envoyés lors de la mort d'Arthur et de la naissance de Gaston. On se souvient du sort réservé à Athènes, dans l'Antiquité, aux por-teurs de mauvaises nouvelles.

On peut préparer les meilleures défenses, s'atten-dre au pire, ne pas sous-estimer l'adversaire mais la catastrophe attaque toujours d'un côté imprévu. C'est un monstre des profondeurs. Les catastrophes personnelles, j'ai tenté de les surmonter en m'accro-chant à la littérature. En pensant que, quel que soit le tremblement, les livres, eux, ne bougeaient pas et l'écriture se chargerait de l'alchimie : des larmes qui deviennent des mots. Un peu comme si lors d'un tsunami vous vous agrippiez au tronc d'un arbre pour vous élever au-dessus du flot et ne pas être emporté par le tourbillon.

Fin de saison en Normandie. Fin d'été. Fin d'une vie. Sur la plage de Sainte-Marguerite, les premières lumières de septembre dessinent les contours des falaises, des champs, de la mer. Même les nuages ronds couleur perle et rose se détachent du ciel. La plage, chaise longue des familles, où chaque moment vécu semblait renouvelé, enchanté. Cette plage miroir de notre bonheur ! Il n'y a plus que des ombres. Les miens ont été enlevés par un souffle léger, presque chaud. Mon réel a été arraché. Je m'installe au même endroit que d'habitude. Je vois les galets, le sable. Je ne réalise pas encore que l'on m'a crevé les yeux. La mer s'est retirée au loin, elle reviendra. Camille aime trop cette plage pour s'en passer. Elle se confond avec ce bord de mer, elle, la baigneuse.

Je suis une monade en Normandie. Vidée de sa joie, la maison est devenue assourdissante. Il n'y a plus que les routes. J'avais rêvé d'un départ claironnant, sur les chemins des douaniers. Un voyage d'artiste comme l'avaient fait Gustave et Maxime. Des éclats de rire partagés. Pour le coup, je me retrouve esseulé comme un garçon. Mais j'ai l'âge au fond de moi d'un « sheik », ce mot tant aimé de Flaubert et qui désigne « un vieux monsieur inepte, hors d'âge ».

Début septembre, je suis à Paris. J'ai laissé la maison à Camille et aux enfants pour la rentrée des classes. Gabriel, présent à nos côtés à Saint-Malo, en août à Sainte-Marguerite, témoin de notre bonheur et de notre drame mêlés, me recueille chez lui. Il me hisse jusqu'à sa cabane panoramique juchée sous les toits de Paris et qui tutoie le clocher de l'église Saint-Séverin. Je suis dans l'état de Flaubert, le 26 octobre 1849, trois jours avant son départ avec Du Camp pour l'Orient, perclus de chagrin. Gustave est dans l'appartement de son ami, couché sur une peau d'ours noir devant la bibliothèque : « Jamais, je ne vis une telle prostration…, écrit Du Camp dans ses *Souvenirs*. À mes questions il ne répondait que par des gémissements : "Jamais je ne reverrai ma mère, jamais je ne reverrai mon pays." »

Nous passons quelques matinées à boire du café en écoutant, silencieux, des chants orthodoxes et en nous accrochant à nos carnets de moleskine dans lesquels nous gribouillons. Gabriel a une ligne de force : dans le malheur, ne pas se laisser acculer au peloton d'exécution, se foutre de tout. Prendre un couteau, un hamac en toile de parachute, une lampe frontale et marcher pour transformer le temps assassin. Je baptise cet antidote au malheur la théorie de la frontale. Un homme muni d'une frontale peut trouver son chemin dans la « forêt féroce et âpre et forte » de Dante, « qui ranime la peur dans la pensée ».

Gabriel m'apprend à remplir un sac à dos de 30 litres, à le bourrer sans qu'il ne soit lourd. Nous parvenons même à y glisser la *Correspondance* de Flaubert et *Par les champs et par les grèves* qui pèse son poids et glissons une poignée de cigares. Gabriel est un homme de cartes au 1/25 000ᵉ, c'est-à-dire l'infiniment petit : 1 centimètre sur la carte représente 250 mètres. Des cartes qui rappellent celles de nos classes de géographie : les champs, les prés, le moindre cours d'eau, le moindre sentier y sont représentés. Nous sommes moins chargés que Flaubert et Du Camp qui en leur temps avaient préparé pendant sept mois le contenu de leur sac. Ils avaient notamment emporté « un chapeau de feutre gris ; un bâton de maquignon (venu exprès de Lisieux), une paire de souliers forts (cuir blanc, clous en dents de crocodile)... Une paire de guêtres en cuir, une veste de toile (chic garçon d'écurie), un pantalon de toile, trois chemises de foulard, ce qu'il faut à un Européen, pour ses ablutions quotidiennes... : jamais habit de bal ne fut médité avec plus de tendresse, et ce qu'il y a de certain, porté avec aussi peu de gêne ».

Le 8 septembre, un peu plus tard que Flaubert et Du Camp, nous prenons à la gare d'Austerlitz le train pour Blois. Au Relais H, une affiche vante le roman *Fragments d'une femme.* C'est aussi mon actualité. En montant dans le wagon, numéro 10, Gabriel lit sur la porte les instructions de sécurité : ne pas tenter d'ouvrir la porte. Et lâche ce seul mot : « La chute. »

XXII

Le voyage par les champs et les grèves occupera Flaubert et Du Camp pendant trois mois. Les deux compagnons le considéreront comme un moment de grâce.

À Blois, dans la rue principale qui descend vers la Loire, une affiche publicitaire pour l'espace culturel Leclerc : « La culture est à votre porte. »

Nous nous répartissons les rôles : Gabriel tient la carte et moi *Par les champs et par les grèves.* Il est convenu que j'en lirai des extraits. Nous prenons la direction de Chambord. Les sens giratoires et les ronds-points sont les nouveaux cercles de l'enfer urbain. Les voitures nous cernent. Notre société méprise les nomades. « Tu vois, me dit Gabriel, la route, c'est l'endroit où le piéton n'a pas le droit d'être. Nous ne sommes pas faits pour ce monde-là. Mais dès que nous rejoindrons un petit chemin de terre, nous reviendrons à notre vérité. »

Nous arrivons à Vineuil, « village fleuri ». Ces villages fleuris, l'une des plaies du paysage français. Une Renault Scénic grise s'arrête près de nous. À son bord, deux femmes d'une cinquantaine d'années. « C'est la bonne direction pour Auchan ? » demande la passagère. Nous comprenons « aux champs ». « Le nouvel Auchan de Vineuil, c'est bien par-là ? » Nous répondons que nous marchons bien par les champs et par les grèves. Mais nous sommes des Hurons, nous débarquons... Elles repartent avec le sourire.

Nous empruntons enfin un sentier plus sauvage et tombons sur un campement de caravanes : pas des Gitans, des Français déclassés vivant dans les bois. Un enfant de dix ans avance vers nous.

— Vous venez pour les vendanges ? nous demande-t-il.

— Non, nous marchons.

— Où allez-vous ?

— À Chambord.

— Vous n'êtes pas rendus.

Il doit avoir l'âge de mon fils Martin. Où est-il à cette heure ? À l'école ? J'ai l'impression que je ne le reverrai plus. Nous avançons sur des chemins pleins de soleil, mangeons des mûres recueillies comme si elles étaient des gouttes d'eau. Au détour d'une route de campagne apparaît un petit château du XVIIe siècle, harmonieux, équilibré. Je commence à ressentir l'agression de la lumière, de la beauté du paysage. Elles contrastent avec l'ombre contre laquelle je lutte. L'entrée des villages est ravagée par des pavillons prétentieux, gonflés d'eux-mêmes, aux balcons de fer forgé et aux balustrades façon Renaissance. Les maisons de charme agissent comme des poignards. Et l'angoisse m'étreint quand je vois des enfants à la sortie de l'école. Où sont les miens ?

Nous allons au plus court, traversons un cours d'eau, le Cosson, sommes obligés de nous déshabiller. « On se croirait plus dans un raid amazonien que dans les pas de Flaubert », se moque Gabriel. L'eau vive m'empêche de sombrer. En revanche, les champs asséchés par le soleil, plats comme la main au point de se confondre avec le bleu du ciel et ses nuages blancs tendus comme un drap me paralysent. Je suis un homme moderne et brisé : je marche avec un sac à dos et dans la poche de mon pantalon de treillis, j'ai un « téléphone intelligent », menotte qui permet de recevoir du courrier électronique, des SMS et des appels téléphoniques. Je n'ai pas la force de le jeter dans le fossé : c'est mon ultime lien avec les miens.

Surtout ne pas s'arrêter. Gabriel l'a compris. Dans l'après-midi, nous avalons seize kilomètres et entrons dans le parc de Chambord par le pavillon de la Chaussée. Nous nous rafraîchissons à la *Crêperie solognote*. La serveuse, blonde d'une vingtaine d'années, suscite le désir. Pour un peu, nous pourrions être deux garçons en goguette courtisant les serveuses d'auberge. Cela manque de sensualité et de sexe dans *Par les champs et par les grèves*. Il y a bien quelques échanges de regard avec des inconnues, des passantes, des observations, mais aucune relation de hauts faits amoureux. À Amboise, Flaubert remarquera que « les femmes presque toutes brunes, de figure douce et remarquablement jolies, ont d'excellents airs féminins pleins d'une bénignité voluptueuse ». Gustave et Maxime ont-ils enduré l'abstinence pendant trois mois ? À leur âge, quel supplice !

À Chambord mon regard est accroché par le *Relais Saint-Michel*. Nous y avions passé une nuit, Camille et moi, après avoir visité les greniers du château et bu du vouvray. Les visites de châteaux, les descriptions de galeries, de chambres royales, de corps de logis sont le pan le plus fastidieux de *Par les champs et par les grèves* écrit à quatre mains (Flaubert les chapitres impairs, Du Camp les pairs).

Gabriel et moi, nous n'avons qu'une envie : nous enfoncer dans les bois. « On a un peu plus d'une heure de marche jusqu'à Bracieux », me dit-il. Nous nous engageons dans des chemins de circonstance : l'allée de l'Oubli et l'allée de la Fidélité. Le soleil décline, les fougères deviennent dorées. Nous retrouvons une route. La conductrice d'une voiture nous fait signe de la main de nous pousser sur le bas-côté. Flaubert et Du Camp n'ont pas connu cette corrida. La première dizaine de jours de leur périple, hormis le parcours en train de Paris à Blois, ils marcheront seulement deux jours, et encore ! sur des distances d'environ cinq kilomètres entre Chenonceaux et Bléré ou Fontevraud et Montsoreau. Le reste du temps, ils utilisent la voiture, le cabriolet, la diligence, la carriole, et plus tard le bateau, l'omnibus, la chaise de poste et le tilbury.

Le coucher de soleil se répand sur la forêt de Boulogne. Nous passons devant la maison forestière de Bracieux, au bord de la route. L'intérieur est éclairé. Une lumière chaude, orangée. J'imagine les parents et les enfants autour de la table. Le dîner. L'unité.

J'ai toujours aimé le nom de Bracieux, ce côté France du XVIIᵉ, de la Fronde. Nous trouvons sur la place centrale, sous les arcades, un restaurant, *Au fil du temps*. Nous dînons, buvons deux bouteilles de chinon et levons nos verres « À l'éternel retour contre le progrès des choses ». Gabriel cite cette phrase de Feydeau : « J'ai voulu noyer mon chagrin dans l'alcool mais il savait nager », et ce conseil russe : « Buvons car demain sera pire ». Mais il sait aussi se montrer bucolique : « L'amour est le terrain où l'on réconcilie la voracité du vampire à la discrétion de l'anémone. »

Frontale allumée, cigare au bec, nous reprenons notre marche de nuit. Il y a toujours une pause, quelque chose de prétentieux et de vain dans le récit de voyage. La littérature, cet art de l'esbroufe ! Nous quittons de nouveau la route. Aucune brume alcoolique. Nous empruntons la sente des Houx. Il est interdit de dormir dans la forêt domaniale de Chambord. Nous trouvons un excellent refuge après trois kilomètres sous les sapins dans le champ Chevalier. Gabriel installe les hamacs en quelques secondes. À bonne hauteur pour ne pas être transpercés par un sanglier. Cordes autour du tronc, mousquetons aux extrémités, la tension est bonne. Nous suspendons nos affaires. « Tu vois, me dit-il, il y a même une poche intérieure pour notre carnet. »

Sous la frondaison, Gabriel lit, dans le tome I de la *Correspondance* de Flaubert, cette lettre du 28 avril adressée à Ernest Chevalier : « Je pars demain matin pour Paris, et samedi je commence mon voyage en Bretagne. Avant de m'en aller, cher Ernest, je t'envoie un adieu, comme si tu étais là. » À cette époque, Flaubert ferme sa porte à Louise Colet en lui faisant comprendre que l'amour n'est qu'un « assaisonnement ». Nous éteignons frontale et cigare.

Au réveil, je vois les grands arbres qui percent le ciel. J'ai la tête fendue par la hache d'un bûcheron. Et le vin de Chinon n'y est pour rien. Je prends conscience du désastre. Peut-être vaudrait-il mieux mourir ainsi, dans la nature. Partir avec la grâce et la légèreté d'une *Variation* de Bach. J'entends seulement les oiseaux et les petits animaux des bois. Il fait presque froid. Nous avons dormi avec nos polaires. Je mets un certain temps à pouvoir parler à Gabriel. Pas d'autre obstacle que celui de me mettre debout.

Nous plions les hamacs et en quelques minutes sommes en chemin vers un bras du Beuvron. Rien ne m'aide plus que cette vivacité de l'eau qui serpente entre les pierres ; fluide, déterminée. C'est très agréable de faire sa toilette, de se raser dans une rivière. « Les ablutions », écrit Flaubert dans *Par les champs et par les grèves*. Impression de se sentir un vagabond.

Route de Bléré par les bois. Direction : Les Ogonnières. Étang de Cottereau. Futaies. Paysage qui rappelle les Landes et le Vermont. Lumière douce. Le grand calme. Nous marchons sur le chemin des Bœufs. Cela convient à l'état présent de mon esprit. Nous traversons la forêt de Cheverny. Gabriel me

montre la branche d'un arbre qui part vers le ciel :
« Cet arbre a envoyé sa branche vers la lumière.
Regarde le chemin qu'elle a fait pour parvenir
jusqu'au soleil. » Gabriel, pantalon de treillis mar-
ron, chemise grise ouverte jusqu'au ventre, écharpe
de coton blanc. Il a accepté ce voyage pour dissoudre ma tristesse, accessoirement pour mettre nos
pas dans ceux de Flaubert et Du Camp. Au milieu
de la matinée, au bout d'une dizaine de kilomètres, apparaissent les premières cloques aux pieds.
Qu'importe ! Que la bête meure ! Nous avançons à
bonne allure. Au début de leur voyage, Gustave et
Maxime ignorent les bois, les sentiers. Il n'y en a
que pour les monuments et les châteaux. Ce sont
des hommes civilisés.

Gabriel et moi continuons à vider nos sacs, trop
pleins. Notre solitude côte à côte. L'un tenant l'autre
à tour de rôle et de conversation. Notre confession
ne sera ni jugée ni absoute mais recueillie et diluée
par la nature. Nous traçons, parlons de nos voyages, de nos amis et faux amis.

Nous sommes malheureusement obligés de sortir
des bois et, au début de l'après-midi, traversons les
faubourgs de Contres. C'est interminable. La ZI (zone
industrielle) puis la ZAC (zone d'action commerciale). Dans le bruit des voitures et des camions sur
ce macadam qui semble nous défier et vouloir nous
tuer moralement, nous passons devant une maison
blanche baptisée *L'Imprévue.* Dans le jardin, les
sept nains de Blanche-Neige. L'un d'eux lit un livre.
Nous sommes des nains.

Sur la place centrale de Contres, nous dévorons

un sandwich au bar *Le Narval*. Ce bourg d'un peu plus de trois mille habitants compte un magasin médical d'orthopédie, un institut de beauté *Adonys* et un salon de toilettage canin. Imaginons la vie à Contres en hiver. À côté de nous des ouvriers russes boivent une bière.

Sur la carte, Gabriel a localisé la route de l'abbaye. Nous prenons la direction de Chaumont et d'Amboise. Mais nous savons que nous n'y arriverons pas pour la nuit.

J'ai les pieds en sang, je ne ressens rien. « Ça devient christique », me dit Gabriel. Nous marchons encore deux heures avant de héler une camionnette. Le chauffeur restaure une maison et rentre chez son père, le garde forestier de la forêt de Montrichard. Il nous laisse devant chez lui et deux infirmières en Renault Scénic (décidément la voiture de la province) nous prennent en stop jusqu'à Bourré. Il est 21 heures. Nous nous attablons à la terrasse d'un restaurant bourgeois. On connaît le tarif : une bière, une solide viande, deux bouteilles de vins de Touraine de chez Jean-François Mérieau. Cigare. Et *on the road again*.

Quelques kilomètres dans la nuit et au grand air. Nous bivouaquons dans la forêt de Montrichard avec Flaubert et Du Camp. En fin de compte, ces deux-là nous préoccupent peu dans nos conversations. Ils sont notre prétexte à dormir sous les arbres. « Il y a des heures où l'on est en plus belle humeur que d'autres. L'excellent dîner que nous fîmes à Amboise et dont nous avions besoin (ayant de tout le jour plus nourri la muse que la bête) nous remit un peu de calme dans les veines, et le soir, trottant lestement sur la route de Chenonceaux, nous fumions nos pipes, et humions l'odeur de la forêt dans un état très-satisfaisant. »

Nous marchons plus que Maxime et Gustave. Une quarantaine de kilomètres bûcheronnée à pied dans la journée. Mais ils ont de l'avance sur nous. Et toi, Gaston, dors-tu ? Est-ce que je t'emmènerai dans les bois avec tes frères, toi qui veux toujours vivre dehors ? Jamais je n'ai ressenti un tel sentiment d'exil. Je me sens banni, condamné à vivre sur une terre étrangère et hostile.

Au matin, nous nous baignons dans le Cher, au cœur de la ville. Nous buvons un café en ville devant une mercerie-bonneterie et entre les succursales de la Banque populaire et de Groupama. La France des enseignes. Sur mon « téléphone intelligent », je reçois simultanément un courrier électronique de Camille me demandant le divorce et de ma société de diffusion un avis de « rupture » sur des titres de mon catalogue. Je note la coïncidence devant Gabriel. Certains matins, on relève des cadavres sur les grèves de la vie.

Allons, il faut marcher. Tu es devenu un clochard, et alors ? Ce voyage, ce livre : « une petite affaire privée », aurait dit Deleuze. Autant le jeter sur ce chemin bordé de mûres sauvages au-delà desquelles s'étendent les vignes. Pendant toute cette matinée, je ne parle à Gabriel que de la menace de l'éparpillement, de l'éclatement. Ne pas vouloir tout embrasser. « Le bonheur, me répond Gabriel, c'est la vie au 1/25 000e. » Nous approchons d'Amboise :

« Tu vois le bout du tunnel à la fin de la nef de verdure ? » me demande-t-il. Pour y parvenir, nous empruntons un chemin qui a pour nom... l'allée des Jumeaux !

XXIII

Je retrouve mes trois fils en Normandie. Gaston sent tout ce qui se passe. Sa vie est placée sous le signe de la séparation. Pauvre petit bonhomme ! Le soir, quand la maison dort, j'ai l'impression d'être englouti par l'océan. Sur l'ordinateur défilent en fond d'écran des images du bonheur : notre jardin au printemps, Gaston jouant au ballon, des chevaux et un poney dans un pré, Martin et Jules accrochés à une tyrolienne entre deux arbres, Camille en maillot de bain, sourire aux lèvres, dans une piscine, la mer vue du petit banc au bout du chemin, le coucher du soleil et les grands arbres plongeant dans un ciel rose. Après chaque défilé, aussi léger qu'un fil de funambule, les photos semblent avalées par l'ordinateur en une implosion silencieuse.

Quand les trois enfants sont avec Camille, je reprends la route des champs et des grèves, en compagnie de Tristan, le fils d'Alexandre et d'Aline. Nous longeons la vallée de la Mesvre, d'Amboise à Chenonceaux. À l'évidence, j'ai un caillou dans ma chaussure. La marche ne règle rien. Au château de Chenonceaux, des retraitées s'exclament devant le portrait de Philippe V d'Espagne par Jean Ranc : « On dirait Stéphane Bern. » Avec sa bonne humeur corrosive de trentenaire, Tristan essaie de me divertir. Il a dix ans de moins que moi et je l'ai toujours considéré comme un petit frère. À lui seul, il pourrait illustrer le triomphe de la charité dans la tenture du *Triomphe des sept vertus* accroché au mur du château. J'ai le « coco fêlé », comme disait Flaubert au sujet de Maxime Du Camp en 1871. Perdre sa femme et sa vie de famille, c'est sept deuils en même temps. Conseil de sage de George Sand à son vieux Gustave : « Je t'en veux de devenir sauvage et mécontent de la vie. Il me semble que tu regardes trop le bonheur comme une chose possible, et que l'absence de bonheur, qui est notre état chronique, te fâche et t'étonne trop. »

Une autre fois, je retrouve à la gare d'Angers un ami normand exilé à Paris, Emmanuel. Nous remontons vers Chinon. Quand ils arrivent dans une ville, Flaubert et Du Camp s'y livrent à une description précise, tels des géomètres faisant un relevé d'ensemble : « Chinon se baigne dans la Vienne, et grimpe de terrasses en terrasses jusqu'à la Châtellenie qui la domine. De loin les maisons paraissent huchées les unes sur les autres ; des ruelles tortueuses et bossues parmi les jardins, enjambent des escaliers, donnent leur herbe à manger aux ânes... » Viennent ensuite des digressions sur l'histoire de la région puis des impressions personnelles.

Dans leurs pas, nous traversons la Vienne, sortons de la ville, et empruntons le chemin qui serpente jusqu'à La Devinière, la maison de Rabelais, où il ne reste rien, où tout est nu, juste cette phrase : « Ou est foy ? Ou est loy ? ou est raison ? Ou est crainc de Dieu ? Défendre ma maison et nos amis secourir contre les assaulx des malfaisans. » Et « O bouteille pleine toute de mystères, trincket et beuvez… » J'ai trinqué, j'ai bu, je me suis écroulé à l'hôtel Diderot. Déjà Flaubert notait dans son carnet : « Partout à Chinon je cherche le souvenir de Rabelais et je ne trouve rien. »

C'est une ville de province comme on en rêve, Chinon. Le long de la Vienne et des maisons de la fin du XIXe coule une joie de vivre, surtout le dimanche quand les brocantes, les bouquinistes et les guinguettes s'installent le long des quais. Avec Camille, je ne suis jamais allé à Chinon. Elle est partout. Son fantôme m'écrase plus que celui de Gustave. Au moment de monter l'escalier qui conduit au château, j'ai l'impression qu'une grenade explose à mes pieds. Je suis comme la femme de Loth, une statue de sel : elle s'est retournée vers la ville de Sodome et Gomorrhe sur laquelle le seigneur a fait tomber une pluie de soufre et de feu.

À Tours, Flaubert et Du Camp n'évoquent pas Balzac, que Gustave, adolescent, avait suivi dans les rues de Rouen quand l'auteur de *La physiologie du mariage* y était venu pour un procès littéraire. La ville leur semble propre et jolie, les laisse indifférents. Ils piaffent comme deux chevaux dans l'écurie, impatients de rejoindre les champs, la mer, de s'ensauvager. Dans leur sillage, nous visitons la cathédrale Saint-Gatien, où je m'attache évidemment à contempler les deux gisants, enfants de Charles VIII et d'Anne de Bretagne, sculptés dans du marbre de Carrare et portés par des anges. Charles VIII et son épouse perdirent leurs six enfants en bas âge.

À l'hôpital de Rouen, j'avais été confronté à la statue de « Gustave l'antique » : seul et isolé comme un phare après avoir essuyé l'écume de l'amertume, les tempêtes de toute une vie. Mais par les champs et par les grèves, je marche dans les pas de « Gustave le jeune ». Sa névrose de mélancolie n'a pas encore ravagé toute sa boule. La nature ne cesse de l'enthousiasmer. J'ai vingt ans de plus que lui.

Au musée des Beaux-Arts de Tours, c'est la galerie contemporaine qui me retient. Il me semble insensé de tomber, dans cette ville de province, sur des tableaux de Geneviève Asse, l'une des admirations de Camille : des grands formats pareils à l'horizon, à l'océan, où le bleu triomphe peu à peu du blanc, où tout se dérobe et se fond.

Ce voyage est un mur de pierres que je m'entête à élever. Nous retrouvons Chinon et empruntons le chemin de grande randonnée pour atteindre Fontevraud. Emmanuel imaginait une route de soleil. Et nous arrivons sous une légère pluie par les bois. Partout des pancartes indiquent que nous sommes sur un terrain militaire. Les chemins de traverse sont interdits. Incontestablement nous sommes cernés. L'encerclement.

Le long du mur d'enceinte de l'abbaye, nos pieds s'enfoncent dans la boue. Ce doit être la troisième fois que je visite Fontevraud. Je retrouve les gisants d'Aliénor d'Aquitaine et d'Henri II Plantagenêt. Celui d'Aliénor mesure 1,84 mètre. Il m'a toujours bouleversé : Aliénor a une trentaine d'années et tient un livre ouvert. J'ai vu ma femme ainsi pendant douze années : long corps allongé, figé dans la lecture. Tout me gifle, me fait froid dans le dos. Fontevraud rappelle à Flaubert l'abbaye Saint-Wandrille et il note : « L'Anjou me semble une sorte de Normandie. » Tout ici me renvoie à ma femme.

Sous la pluie, alors que Du Camp et Flaubert étaient sous le plein soleil, nous empruntons la rue du Logis-Bourbon et suivons un petit ruisseau bordé de bambous. Le soleil revient le lendemain quand nous atteignons Montsoreau. Alors que pour Flaubert et Du Camp ce fut le contraire : « Le lendemain le temps fut de mauvaise humeur. » C'est ici que la Vienne et la Loire s'unissent en une longue chevelure blonde. Le château est fermé. Il faut continuer la route jusqu'à Saumur. Nous laissons sur la gauche des sites troglodytiques. À l'entrée de la ville, on ne peut pas manquer Notre-Dame-des-Ardilliers. « C'est une de ces sottes églises construites en souvenir du Panthéon d'Agrippa, à l'époque où chaque hameau voulait avoir son petit Saint-Pierre de Rome », remarque Du Camp.

Il y a toujours *La présentation au temple* de Philippe de Champaigne, que Flaubert et Du Camp ont admirée : « Le Siméon qui tient Jésus est de belle ordonnance et bien campé ; sa barbe d'un roux lumineux accompagne bien son visage extatique ; de grandes architectures occupent les derniers plans, et dans les premiers foisonnent mille personnages d'habile composition, depuis la Vierge jusqu'à des Lévites, jusqu'à des enfants nus et rosés, qui marchent à travers la toile. »

La présentation au temple, rapportée dans les Évangiles par saint Luc, a lieu quarante jours après la naissance de Jésus. « Tout enfant premier-né sera consacré au Seigneur. » Il faut donc offrir en échange deux tourterelles ou deux petits de colombes. Et dans Jérusalem, Siméon, l'homme juste qui vit dans la crainte de Dieu et l'attente de la consolation d'Israël, ne doit pas mourir avant d'avoir vu le Christ. Une fois que Siméon l'a porté dans ses bras, il bénit Dieu en disant : « C'est maintenant, Seigneur, que vous laisserez mourir en paix votre serviteur, selon votre parole. » C'est le fameux *Nunc dimittis*. Nous aimerions être justes, consolés, mourir en paix. Et un peu plus loin, toujours selon saint Luc : « L'enfant grandissait. Il devenait fort. Il était plein de sagesse ; la faveur de Dieu l'accompagnait. »

Nous arrivons à Saumur. Musée de la Cavalerie. La marche, la fantaisie, le trot. Voilà le rythme qui cadence *Par les champs et par les grèves*. Et moi je vois défiler les rives de la Loire en ayant l'impression d'être un spectateur lointain.

Lors d'une autre étape, toujours avec Emmanuel, nous allons nous recueillir à l'abbaye de la Meilleraye, où Flaubert et Du Camp ont passé une nuit. Nous y suivons l'office de None, au début de l'après-midi, prière à la fois solitaire et dans la communion. Il pleut. Une magnifique pièce d'eau s'étend devant cette abbaye cistercienne fondée en 1145 et rebâtie sous Louis XV. Elle fait sienne une phrase de Bernard de Clairvaux : « C'est dans les Écritures que l'âme assoiffée de Dieu se tient volontiers et s'attarde, car elle sait qu'elle y trouvera celui dont elle a soif. » Saint Bernard, c'est pour Flaubert. Dans le registre de l'ascèse, de la croisade pour le sacré, du dépouillement et de l'absence de comédie, on ne fait guère mieux. Mais quand ils accomplissent leur voyage en Bretagne, Maxime et Gustave croient encore aux plaisirs de la vie terrestre. Ils s'intéressent beaucoup aux églises, mais plus en historiens pas dupes qu'en homme de foi. En revanche, Flaubert est fasciné par les messes d'enterrement, les cadavres sous leur linceul, l'annonce de la putréfaction.

À l'abbaye de la Melleraye une seule chose le touche : « Un jour le père supérieur reçut une lettre qui lui annonçait la mort de la mère de l'un de ses moines : au réfectoire, quand le couvent fut réuni à table, il se leva et dit : « "Mes frères, un malheur frappe la communauté : un de nous vient de perdre sa mère. Prions ! » Et ce fut tout. Voilà comment nous devrions accueillir la mort. Par une prière collective.

Mais je n'ai pas respecté dans ma vie l'une des règles de saint Gustave : le refus de l'action. « Toutes les fois que je me suis livré à l'action, écrit-il à George Sand le 28 octobre 1872, il m'en a cuit. Donc, assez ! assez !... » Flaubert a en haine l'action et les hommes d'action comme Du Camp. Tout ce qui est hâtif, précipité, gâche selon lui la santé et la pensée. La littérature, ce gong en bronze, exige lenteur et dévotion. J'ai cru que l'action, le monde, la vie extérieure étaient des contrepoisons à la mélancolie des après-midi en Normandie. À l'arsenic avalé par Emma Bovary, il n'y a pas d'antidote. « La vie n'est tolérable qu'à la condition de n'y jamais être », écrivait déjà Flaubert à Louise Colet, le 5 mars 1853. Et d'ajouter : « L'action m'a toujours dégoûté au suprême degré. » Est-ce ce feu d'artifice de l'action qui fait naître prématurément Gaston et mourir Arthur ? Elle est sans doute là, la faute : l'impossible conciliation du mouvement et de la paix.

Je me souviens aussi de Clisson, petite ville médiévale vissée autour de son château, et au bas de laquelle coulent la Sèvre et la Moine. Il n'y a plus personne dans ces bourgades. Seules les pharmacies sont animées. Une mort lente. La société de consommation a griffé les petites villes de province qui en même temps basculent dans la torpeur. La périphérie a triomphé du centre. À Clisson, dans le parc de la Garenne Lemot, Flaubert et Du Camp ont retrouvé la grotte d'Héloïse (la maîtresse d'Abélard) et lu cette inscription sur une pierre : « Héloïse peut-être erra sur ce rivage, / Quand, aux yeux des jaloux, dérobant son séjour, / dans les murs du Pallet elle vint mettre au jour / Un fils, cher et malheureux gage / de ses plaisirs furtifs et de son tendre amour. / Peut-être en ce réduit sauvage, / seule, plus d'une fois, elle vint soupirer, / Et goûter librement la douceur de pleurer. »

Dans le parc de la Garenne Lemot, je crois traverser un mausolée romantico-palladien, au milieu des statues antiques.

Sans la province de l'ennui, il n'y aurait pas eu *Madame Bovary.* Et le bovarysme est la condition universelle de notre existence. Nous voulons toujours vivre ailleurs, être un autre, nous extirper de la décevante réalité. Georges Palante qualifiait le bovarysme de moderne philosophie de l'illusion : « Le bovarysme est le pouvoir qu'a l'homme de se concevoir autre qu'il n'est. Ce fait très simple est aussi très général. Nul n'échappe au bovarysme. Tout homme en subit la loi à des degrés divers et suivant des modes particuliers. Le bovarysme est le père de l'illusion sur soi qui précède et accompagne l'illusion sur autrui et sur le monde ; il est l'évocateur de paysages psychologiques par lesquels l'homme est induit en erreur et en tentation pour sa joie et son malheur. »

Voilà le poison que procure la littérature. Et Flaubert écrivit *Madame Bovary* parce qu'il avait compris que ce rêve de se vouloir autre est le propre de notre condition. Il n'y a pas d'autre sens à donner à sa fameuse phrase « Madame Bovary, c'est moi ». « Ce dédoublement en sujet et en objet, poursuit Palante, est l'illusion mère d'où sortiront toutes les autres. L'univers et l'humanité, emportés par un désir insatiable de connaissance, sont désormais engagés dans un drame où la frénésie du spectateur intensifiera à l'infini la frénésie du drame. »

Il faut donc revenir aux origines : la lecture de *Madame Bovary* à un âge où l'esprit succombe facilement à l'ivresse m'a transformé en Bovary. Et l'action est l'autre tentation qui nous permet d'échapper à notre médiocrité. Tout a éclaté : l'illusion, le mensonge.

Un soir d'automne, je vais seul jusqu'au château de Gilles de Rais. La scène des enfants brûlés vifs en sacrifice à Moloch pour sauver Carthage a choqué les bourgeois. « La grillade des moutards », disait non sans humour Flaubert. Aujourd'hui, « le Conseil général de Vendée vous souhaite la bienvenue à Tiffauges, le château de Barbe-Bleue » et vous confie à un spectacle son et lumières en 3 D. Voilà à quoi ont échappé Gustave et Maxime.

À Pornichet, où se trouve une rue Gustave-Flaubert, je dîne devant mes huîtres et mon édition de *Par les champs et par les grèves*. Le matin, je rallie à pied Batz et Le Croisic, avec ses magasins sur le port alignant des bols en faïence de Quimper et ses restaurants de fruits de mer aux auvents plastifiés. Je deviens un représentant de commerce. Avec ses fantômes.

Le lendemain, je suis à Guérande, ville close. Je déjeune devant l'église, retrouve à l'intérieur la lumière bleutée qui avait séduit Gustave et Maxime, me promène dans les ruelles, longe les fortifications. Guérande me rappelle Saint-Malo.

Sur la place face à la porte Saint-Michel se répand une odeur de café torréfié. Celle que je respirais enfant devant la Brûlerie d'Ys à Douarnenez. Et soudain je me dis qu'il va falloir affronter la Bretagne qui se confond avec Camille. J'achète un caban de marin pour Gaston, file vers Mesquer : « La route, à travers des paluds sévèrement surveillés par des douaniers, nous mène jusqu'à une

246

petite futaie de chênes qui abrite de vieux bâtiments demi-renversés, convertis en fermes. »

Le village s'accole à une autre commune, Quimiac, avec d'un côté des plages familiales et de l'autre des lotissements en construction. Le soir, puisqu'il est interdit de dormir en France sur les plages, je me réfugie à la lisière du parc de Brière. J'installe mon hamac entre deux pins. Je sais combien ce voyage est un artifice, une déviation à mon chagrin. Le vent fait grincer les arbres. Je viens de traverser une terre vierge. Aucun souvenir ne me rattache à la presqu'île de Guérande. Mais je me refuse à arpenter la Bretagne. Je ne franchirai pas un nouveau cercle de l'enfer. Je connais trop la route empruntée par Flaubert et Du Camp quand ils feront leur entrée dans le Morbihan. Après Vannes, Auray, la presqu'île de Quiberon, où nous passions des vacances chaque été. La route : Plouharnel, l'isthme, Penthièvre, Saint-Pierre, Saint-Julien, la Grand Plage, et puis Belle-Île, le bateau des îles.

À Belle-Île, en pleine extase panthéiste devant l'océan, Flaubert note : « Mais l'homme n'est fait pour goûter chaque jour que peu de nourriture, de couleurs, de sons, de sentiments, d'idées : ce qui dépasse la mesure le fatigue ou le grise : c'est l'idiotisme de l'ivrogne, c'est la folie de l'extatique. »

Bien sûr, je pourrais laisser le Morbihan et choisir le Finistère : Quimper, Concarneau, Fouesnant, Pont-l'Abbé, Douarnenez. Pas un de ces lieux qui ne soit lié à un souvenir trop lourd. J'ai toujours la clé de la chambre 207 de l'hôtel de l'Océan, plage des Sables-Blancs.

Quant à Saint-Malo, mon histoire avec Camille s'y était épanouie, et fracassée. Je l'avais emmenée sur cette route des débuts, à Combourg, où Flaubert songea à Chateau-briand « qui a rempli un demi-siècle du tapage de sa douleur ». Je suis décidé à faire moins de bruit et moins longtemps.

Pour Flaubert et Du Camp, ce voyage par les champs et par les grèves fut une « fantaisie vagabonde ». « Le retour aussi, comme le départ, a ses tristesses anticipées, qui vous envoient par avance la fade exhalaison de la vie qu'on traîne », écrit Gustave, le plus sentimental des deux. Pour moi, la route de Bretagne jusqu'à Saint-Malo, c'est la route des adieux.

DÉNOUEMENT

Gaston est un enfant stupéfiant. Rien ne l'arrête dans ses choix, son entêtement. C'est une force de caractère. Il aime la vitesse, à vélo, à moto, en bateau. Il ne supporte pas les corps étrangers, ni les contacts intrusifs avec sa peau, les vêtements trop lourds. Il vit pieds nus dans les herbes et sur le sable. C'est un enfant des champs et des grèves. Il veut être de toutes les aventures, de tous les voyages. J'écoute et suis ses conseils. C'est un sage. Il a vu ce que nous ne voyons pas d'ordinaire. Rares sont ceux qui peuvent incarner l'adjectif « prématuré », du latin *praematurus*, mûr avant. « Né viable avant terme », précise le dictionnaire. C'est-à-dire apte à vivre. « Après le cent quatre-vingtième jour de grossesse, l'enfant est légalement reconnu viable. » Donc Gaston avait passé l'épreuve de la Loi. Mais quelle Loi ? Celle de Dieu ? De la médecine ? De la société ? Qui étaient les docteurs ? Nous croyons que faire des enfants est l'apothéose de l'amour, de notre intimité, du mystère humain et nous découvrons que la Loi, grande ou petite,

divine ou mesquine, nous surveille dès la vie utérine.

Gaston est un enfant de l'apocalypse, du dévoile-
ment. Il est né dans la tempête et les éclairs. Et
après la désolation il y eut le souverain calme de
l'hôpital où nous avons mis genou à terre dans
l'adoration. Gaston a été porté par tant de mains
consolatrices. Peau à peau, sa mère et moi l'avons
réchauffé pour qu'il échappe au froid, à la solitude
et aux cendres. Seul, j'ai porté de mes mains Arthur
jusqu'au feu. À son tour, Gaston me tire de la
froide solitude. Il m'enlace comme seule une femme
sait envelopper avec toute la tendresse du monde
les épaules de l'homme aimé.

Gaston ne conserve aucune séquelle de sa prématurité. Seulement une petite fossette sur le nez, la
marque de ses lunettes d'oxygène. Nul ne peut
croire à son histoire s'il ne l'a vu à sa naissance.
Cette histoire terrible et secrète que j'ose dévoiler.
Sa joie a raison de tout : des épreuves, de l'adversaire. Gustave garda toute sa vie une cicatrice à la
main droite : son père l'avait brûlé, au début de
l'année 1844, après son attaque nerveuse, avec de
l'eau bouillante en voulant lui administrer une sai-
gnée. Gustave, Gaston et Arthur sont des enfants
du feu.

Un jour d'automne, j'emmène mes trois fils dans
la maison du père, à Croisset. Quand nous entrons
dans le pavillon où sont disposés différents objets
ayant appartenu à Flaubert, son maroquin rouge,
sa sonnette de bain, son mouchoir et le verre dans
lequel il but avant de mourir, Gaston se précipite

sans hésitation vers une armoire vitrée et s'accroupit devant l'urne votive contenant les ossements calcinés d'un enfant brûlé en sacrifice à Moloch. « Peu de gens devineront combien il a fallu être triste pour entreprendre de ressusciter Carthage », écrivait Gustave.

Gaston regarde l'urne quelques instants comme s'il saisissait tout puis se précipite dans le jardin, courant jusqu'au muret qui borde la Seine. Ses frères le rejoignent et ils prennent tous les trois possession de Croisset. J'imagine que Caroline, Juliette et le petit Ernest faisaient de même avec leur oncle Gustave.

Au retour, dans la côte de Canteleu, tandis que la voiture accélère, Gaston sur la banquette arrière lance : « Papa, elle est chouette, la cabane de Flaubert ! » C'est lui qui me porte avec ses deux frères vers notre cabane. La mer, enfin.

DU MÊME AUTEUR

Au Mercure de France

MAUPASSANT, LE CLANDESTIN, 2000 (Folio n° 3666)
UN HOMME À LA MER, 2004 (Folio n° 4526)
GASTON ET GUSTAVE, 2011 (Folio n° 5692)

Aux Éditions Albin Michel

BASSE SAISON, 1991
LA VIE SERA PLUS BELLE, 1994
PORT D'ATTACHE, 1998. Prix François Mauriac de l'Académie
française et prix Henri Queffélec

Chez d'autres éditeurs

ROGER NIMIER : TRAFIQUANT D'INSOLENCE, Le
Rocher, 1989. Prix des Deux Magots
SOUVIENS-TOI DE LISBONNE, La Table Ronde, 1998
PORTS MYTHIQUES, Le Chêne, 2002
ESQUISSES NORMANDES, National Geographic, 2002
NORMANDIE, photographies Hélène Bamberger, National Geo-
graphic, 2004
LE VOYAGE S'AFFICHE, MER, Fitway, 2004
VIETNAM, photographies de Nicolas Cornet, Le Chêne, 2004
MASSAWA, photographies Hugues Fontaine, Éditions des Équa-
teurs, 2004

1

Composition Nord Compo
Impression Novoprint
à Barcelone, le 21 novembre 2013
Dépôt légal : novembre 2013

ISBN 978-2-07-045194-4/Imprimé en Espagne.